O EVANGELHO SEGUNDO MARIA MADALENA

CRISTINA
FALLARÁS

O EVANGELHO SEGUNDO MARIA MADALENA

Tradução
Diego Franco Gonçales

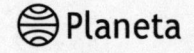

Planeta

Copyright © Cristina Fallarás, 2021
Copyright © Editora Planeta do Brasil, 2022
Copyright da tradução © Diego Franco Gonçales
Todos os direitos reservados.
Título original: El Evangelio según María Magdalena

PREPARAÇÃO: Débora Dutra
REVISÃO: Renata Mello e Bárbara Parente
DIAGRAMAÇÃO E PROJETO GRÁFICO: Nine Editorial
CAPA: Rafael Brum
IMAGEM DE CAPA: SonerCdem/iStock Photo

DADOS INTERNACIONAIS DE CATALOGAÇÃO NA PUBLICAÇÃO (CIP)
ANGÉLICA ILACQUA CRB-8/7057

Fallarás, Cristina
  O evangelho segundo Maria Madalena / Cristina Fallarás; tradução de Diego Franco Gonçales. – São Paulo: Planeta do Brasil, 2022.
  208 p.

ISBN 978-65-5535-707-3
Título original: El Evangelio según María Magdalena

1. Ficção espanhola 2. Ficção religiosa 3. Maria Madalena, Santa – Ficção I. Título II. Gonçales, Diego Franco

22-1394   CDD 860

Índice para catálogo sistemático:
1. Ficção espanhola

 Ao escolher este livro, você está apoiando o manejo responsável das florestas do mundo

2022
Todos os direitos desta edição reservados à
EDITORA PLANETA DO BRASIL LTDA.
Rua Bela Cintra 986, 4º andar – Consolação
São Paulo – SP CEP 01415-002
www.planetadelivros.com.br
faleconosco@editoraplaneta.com.br

À minha irmã, Anica

Esta e não outra é minha carne. Este e não outro é meu sangue.
Esta e não outra é minha respiração.
Este e não outro é meu corpo. Eu.
Isto sou eu e não outra coisa.
Sou a que nomeia. Verbo sou, palavra. Ante mim me ajoelho,
ante meu corpo soberano, canal de narração.
E nomeio.
E me nomeio.
Este e não outro é meu nome: Maria. Maria Madalena.

Sumário

1. Já há cerca de dez anos nesta cidade 11
2. Partimos de Magdala no ano de 62 14
3. Foram as minhas propriedades, e não as minhas virtudes .. 17
4. Eu era ainda muito menina quando o Gigante apareceu .. 22
5. Ana. Ana flor de alfena 26
6. Escrevo tudo isso 35
7. Eu conheço a violência 37
8. Celebrava-se em casa o décimo dia do sexto mês 40
9. Os zelotes decidiram agir 45
10. Zebedeu era um homem bom 49
11. Isso é o que sou, o que somos 56
12. A casa de Zebedeu era branca e brilhante 60
13. O caminho de Betsaida a Magdala 66
14. As rainhas, as mulheres, sua estirpe 68
15. Às vezes, gostaria de estar só 70
16. Não me lembro de como fiquei sabendo 72
17. Estava bonita 76
18. Três dias depois da festa 80
19. Herodes é o maior imbecil 86
20. O que é um profeta? 89
21. Soube por Levi do enfrentamento contra os fariseus 92
22. É o corpo 96
23. Maria era ainda uma menina 98
24. Chovia intensamente 107
25. Sou forte 110

26. Não conheço o pudor 113
27. Quando a hemorroíssa estava curada 117
28. Na manhã seguinte, enviei o Gigante 119
29. Sabíamos que o Nazareno queria 125
30. Durante aqueles frenéticos dias 128
31. Era a dor 132
32. Homens como Nicodemos 135
33. Nós, mulheres, havíamos nos ocupado 141
34. O cheiro era de fezes e urina 147
35. Despertei em um sobressalto 152
36. De repente, fugíamos 156
37. Não se tratava de uma das periódicas mudanças 159
38. Incitar as bestas para conduzi-las 163
39. Pareciam uma tropa de bois 167
40. Contemplar a solidão de um homem 171
41. Hoje amanheci em meu leito confusa 174
42. Sempre soube que Simão Pedro era um canalha 176
43. Foi a própria Cláudia Prócula 180
44. Quando o Nazareno cruzou o pretório 183
45. Depois de deixar na casa do prefeito 188
46. Não está me fazendo bem 191
47. João de Zebedeu se aproximou 195
48. Eu os esperava sentada 199
49. Quem manipula as palavras constrói a vida 202
50. Daqueles com quem compartilhamos 206

1

JÁ HÁ CERCA DE DEZ ANOS NESTA CIDADE E EU AINDA NEM sequer entendi bem o lugar. Seria mais correto admitir que o lugar, a louca atividade de Éfeso, não me entendeu. Mas não tem muita importância neste momento. Por fim, disponho-me a deixar por escrito tudo o que vivi. O tanto que me permitir o tempo que me resta. Não será uma tarefa leve, e já estou velha. Não me sinto uma anciã, assim como nunca me senti jovem, mas meus ossos, especialmente nas longas e salobras madrugadas de insônia, desgastam-se nas juntas, esgotando-me por completo. Silêncio, minha coluna, eu murmuro imperturbável nesses amanheceres.

Sim, imperturbável.

Eu, Maria, filha de Magdala, chamada Madalena, cheguei àquela idade em que não temo mais o pudor que nunca tive. Eu, Maria Madalena, ainda conservo a fúria com que confrontei e confronto a estupidez, a violência e os grilhões que os homens impõem sobre os homens e contra as mulheres.

Mas não escreverei a partir dessa fúria, assim decidi. Propus-me a fazê-lo como o pássaro que tece um ninho, meticulosamente, com amor e para o futuro. O ninho que não hei de ocupar, mas sim aqueles que precisam de abrigo.

Sim, sou velha. Já vivi muito. Não importa a idade que tenho. Sei que minha morte não tardará. Não entendo o esforço de contar os anos... Um, catorze, trinta... Deve-se contar os acontecimentos, os tempos de dor e os tempos de glória, os tempos de amor e os tempos de violência, a beleza e a infâmia contempladas.

A vida não é uma recontagem de datas, mas uma memória de emoções e acontecimentos, aprendizagens e fracassos. O que alcançaria eu deixando um inventário de anos após anos? Em um ano, cabem futuros e passados inteiros.

Eu tive a imensa sorte de conhecer a luz que emana dos corpos e da ciência. Em meio a tanta iniquidade, tanta vã crueldade e mutilações contra a terra, eu, Maria Madalena, conheci. E nesse conhecimento, aquilo que sou permanecerá por muito tempo. Pois nenhum conhecimento é inútil.

Minha decisão de deixar aqui um registro do que vi, dos eventos extraordinários que me foram presenteados sem nenhum mérito meu além da presença, é firme. Muito mais firme conforme vou conhecendo as vozes e os zurros dedicados a falsificar os fatos, a apropriar-se da realidade, do que aconteceu, e modificá-los até o tamanho de seu próprio corpo, recortar a realidade à sua medida. Infelizmente, isso também é chamado de memória. Uma memória falsificada da qual se aferem lucros.

Chegam-me escritos, lendas e mentiras que buscam apenas macular o que vivemos junto com aquele que, hoje, chamam de "o mestre" os mesmos que depois o repudiaram, o traíram. Aproveitar-se, é isso que eles querem; enriquecer, acumular poder, saciar a própria vaidade. Ou simplesmente salvar a si mesmos. Não há pecado nisso, mas miséria, cegueira, estupidez, mesquinhez. Sua sede de idiotice não tem limites.

Mas eu participei.

Eu conheci o Nazareno. Fui a única que nunca saiu do seu lado. Nunca. Não é vaidade. Assim se deu e foi isso que aconteceu; é o que sou e também nosso reconhecimento mútuo. Sento-me e relato tudo isso para apagar tanta mentira e para que compreendam seu verdadeiro fim. Nada será narrado em vão.

2

Partimos de Magdala no ano de 62. Magdala, meu porto, minha cidade às margens do mar da Galileia, meu lar, nossa fonte de vida. Ainda viviam Simão Pedro e Paulo de Tarso, e era impensável a devastação de Jerusalém, a destruição do Templo. Acompanhada por João, persuadimos Maria, a mãe do Nazareno, da necessidade de deixar a região, conscientes de que seu corpo estava se quebrando, sua anatomia de pardal. Fomos por terra até Tiro e de lá navegamos para Éfeso. Maria morreu pouco depois de colocar os pés nessa região. Ela era, então, nada além de um suspiro. Foi uma viagem de pedra seca, sol, vento, dias de chuvas cruéis e aquela violência sombria que já fazia da realidade um arfar de hienas.

Trinta anos após o desaparecimento de seu filho, e recém-chegadas aqui, a Éfeso, decidi fazer a pergunta. Trinta anos! Meu silêncio até aquele momento não era covardia, mas respeito. Eu a via desaparecer, prostrada, depois daquela viagem claramente muito longa para ela. Sob a pele translúcida, seu crânio era um vazio absoluto. Nunca vi um esforço tão longo, uma vida tão teimosa.

— Não guarda rancor, Maria?

Ela me olhou com aquele semblante tão seu, uma mistura de cansaço e assombro.

— Você acha que isso faria algum bem? Deveria ter entregado minha vida a eles também? Não, eu acho que não. Oferecer-me em sacrifício, é nisso que daria o rancor.

— Entendo.

— Eu não entendo, muitas vezes não entendi nada do que aconteceu. Nem mesmo agora.

— Mas há paz em você.

— Somos diferentes. — Sua voz era um finíssimo e tenso fio. — Essas coisas lhe parecem importantes; o que há ou não em mim ou em você parece-lhe importante.

— E não é? — Ao fazer a pergunta, percebi que era um erro; sua maneira de se responsabilizar, de se sujeitar, era um trapo velho que eu já manuseara muitas vezes. Maria sempre cumpriu seu papel de mãe, de membro de sua tribo, sem questionar. Nisso éramos radicalmente diferentes.

— Não. Não é, eu acho que não. A vida para mim acabou, passou por mim, isso é tudo. Em alguns momentos, considerei que nossas ações poderiam transformar o que está por vir, as coisas que vão acontecer.

— Você sabe que é por isso que me esforço.

Nós nos conhecíamos bem, tudo já havia sido dito.

— Sim. Restam a dor e as palavras. Minha dor seguirá comigo. Sim, eu sei, as palavras permanecem. Você sabe por quanto tempo? Você pode responder a essa pergunta? Alguém pode?

Sentada aqui, sigo sem a resposta. Elenco as palavras, coloco-as em ordem. Esse ato mantém a esperança de que elas permaneçam, de que não é um esforço fútil. Não posso imaginar que seja. Senão, de que serviria esse esforço?

Maria viu o filho ser torturado. Ficou ali, nunca desviou o olhar. Fomos ambas testemunhas da extrema crueldade contra sua carne, mas eu não era mãe dele. Depois de contemplar tanta bestialidade, tanto corpo dilacerado, sigo sem saber o que sente uma mãe diante do corpo em agonia de um filho. Tampouco diante da alegria. Nunca engravidei.

Durante todo o tempo, desde antes da partida do Nazareno até a morte de Maria há alguns anos, já em Éfeso, nós permanecemos juntas. Mas o tempo não significa nada. Três anos podem durar mais de trinta.

Talvez ela tivesse razão em negar a relevância de tudo o que aconteceu em nossa vida. Não é nossa vida, mas o testemunho da vida de outros. No entanto, como eu poderia hoje narrar tudo o que vivi com o Nazareno sem partir de minha própria experiência? Não poderia. Simplesmente não poderia. Eu sou junto com o outro, perante o outro, no outro.

Ah, mas eu nunca engravidei.

3

Foram as minhas propriedades, e não as minhas virtudes, que me permitiram contemplar os acontecimentos daquela época.

Meu pai me deixou de herança sua fábrica de conservas, a educação típica de um homem e o Gigante. Se alguma vez desejou ter um filho varão, eu nunca soube. Minha mãe morreu ao parir-me, então, conhecendo seu pragmatismo jovial, não acho que ele tenha pensado duas vezes. Também herdei, imagino que para meu bem, sua insistência em lembrar que descendemos da dinastia dos asmoneus, cuja rainha Salomé Alexandra foi não somente a última a ocupar um trono judeu independente, mas também a única mulher a reinar. "Nós viemos de reis, minha princesa", ele repetia enquanto, deitados sobre a pedra fresca e polida do pátio no verão, aprendendo a delinear o firmamento, acariciava minha cabeça.

— Tivemos uma rainha. Há que conhecer as coisas do mundo e dos homens para se ter uma rainha. Logo veio Roma, trazendo esse bando de ignorantes que só servem à morte, à destruição, para saciar instintos mais baixos que os de porcos.
— Perdi a conta das muitas, muitíssimas vezes em que o ouvi repetir essas palavras. — Mas nós, asmoneus, tivemos

a última e única rainha dos judeus, Salomé Alexandra. Por isso, não nos perdoarão nem um nem outro. Nem os judeus nem os romanos.

Não creio que ele tenha dito tudo aquilo para justificar minha educação – tão imprópria para uma mulher em nossa sociedade que mereceria um castigo –, mas por saudade. A nostalgia do que nunca se conheceu pode se infectar com melancolia ou tornar-se subversão. A nossa era uma subversão doméstica e jocosa, que incluiu minha educação nas ciências e nos negócios.

Neste momento, são duas as sensações mais presentes daqueles dias de minha infância: a felicidade e a morte. Em um mundo pequeno – como todos o são naquela idade –, mesclam-se alegria e sangue, as únicas coisas que nos afetam. Se Antipas honrou a herança sangrenta de seu pai, Herodes, o Grande, colocando a cabeça do profeta em uma bandeja, seu irmão Arquelau conseguiu, ainda que pareça mentira, superar o massacre dos inocentes de seu progenitor. Eu preferia ter apagado da memória até o último vestígio da passagem de Arquelau por esta terra. Entretanto, nele está o germe do assassinato de meu pai, dele vem minha dor mais ácida, minha impotência, a raiva e o desejo de vingança que foram meu alimento por tantos anos e, portanto, também minha fortaleza.

Raiva, raiva surda.

Vesti-me de vingança e a cobri de carmim.

Então passeei com meu disfarce.

Eu ainda não tinha seios quando Roma decidiu retirar todo o poder de Herodes Arquelau, o poder de reinar sobre a Judeia. Eram tamanhas sua violência, sua sede de esquartejamento, sua capacidade de semear o pânico à faca, que até Roma entendeu ser insuportável. Mas morte lega morte.

A mão exterminadora se multiplica em milhares de assassinos como milhares foram aqueles que ele mandou matar. Os dois Herodes, Antipas e Arquelau, eram irmãos por parte de um pai louco, o assassino dos inocentes. Antipas, rei da Galileia, nossa terra. Arquelau, rei da Judeia. Reizinhos, ambos sem mais poder que aquele que Roma permitia a suas fátuas existências alimentadas por excessos, sangue, perversão. Consciência de inferioridade.

Eu os amaldiçoo.

Não tinha ainda seios quando um dia apareceram as doutoras, com tanta agitação que o estremecer do ar dentro de casa me acordou. Eu sonhava com o voo dos peixes brancos que às vezes precede os pesadelos. O medo sempre se impõe e perturba o ambiente. A noite no pátio era clara, a ponto de ser possível distinguir a face luminosa e o verso opaco das folhas de oliveira.

Ana e algumas outras doutoras acorriam com frequência à nossa casa para tirar-me dos armazéns, ocupando-se da minha instrução sem nenhum acordo evidente. Em outras ocasiões, elas vinham acompanhadas de alguma garota, ou de várias, e se fechavam por horas em um dos pequenos recintos da casa, aquele erguido à esquerda do pátio, com bacias e fascinantes instrumentos afiados.

Demorei muito tempo para saber da intervenção delas no meu nascimento. Foi daí que surgiu o apego de meu pai a elas, seu patrocínio. Quando minha mãe começou a se desfazer em dores fatais durante o parto, um grupo veio em seu auxílio e atendeu à sua agonia e à minha vida. Ainda me comove o reconhecimento de meu pai a essas mulheres, talvez um tributo à sua dinastia. Ana era a mais jovem, e ele se certificou de que ela continuasse com seu magistério. As parteiras eram professoras, sua destreza com as plantas impediu o tormento de minha mãe e me deu vida. Meu pai nunca esqueceu isso e decidiu ceder um espaço em nossa residência para elas, que normalmente trabalhavam de modo clandestino e em casas que não tinham o básico para viver.

Quando elas chegaram em casa naquele dia, Ana já era a chefe das professoras a quem dávamos abrigo.

— Voltaram a marchar, senhor.

Sempre o chamavam de senhor, embora a confiança que tinham entre si fosse ampla e evidente. Meu pai acreditava que se referiam às hostes de Herodes Arquelau, que, desde Jerusalém, vinham ceifando vidas há anos, mesmo dentro de nossas fronteiras galileias. Matando pelo abjeto prazer de matar. Hoje me parece que aquela sanguinolência escondia uma espécie de sexualidade perversa. Quem sabe.

— Não, senhor, são os fanáticos, os zelotes.

— Não há zelotes na Galileia.

A reação de meu pai não foi uma negação, mas algo além, um lance de vertigem. Após os últimos assassinatos perpetrados pelos governadores romanos, grupos exaltados e violentos surgiram novamente aqui e ali para lutar pelo território. O território "dele" bem que valia sangue.

Nesse momento, ele, que parecia não ter percebido a minha presença, virou-se para me encarar. Quanto a nós, nosso negócio era com Roma. Não me esqueço da profunda dureza de seu gesto. Não eram os olhos do meu pai, mas os de um homem. Foi então que, pela primeira vez, percebi que meu pai era exatamente isso, um homem. Um homem como os pescadores que vinham diariamente com seus balaios para o armazém de conservas. Um homem como aqueles que afundavam as mãos queimadas no sal grosso, que arrancavam com destreza as entranhas de peixes pequenos e peixes grandes, e que, às vezes, cada vez mais, olhava para mim de soslaio, já sem sorrir.

— Dizem que Otávio Augusto perdeu de vez a confiança em Herodes Arquelau, que este já não é mais rei da Judeia, que todas as províncias passarão a ser governadas por Roma.
— Quem disse isso?

O silêncio preencheu-se de um alarido e um bando de pardais voou para a noite estrelada. Eu nunca tinha tido a sensação de acompanhar uma conversa adulta. Minha vida era ziguezaguear entre homens e mulheres que trabalhavam, manuseavam comida, conversavam, discutiam, medicavam ou deixavam o tempo passar; uma vida sem outras crianças a não ser aquelas que se achegavam para bisbilhotar os peixes, pedir algo ou ajudar os homens nos barcos. Mas, de repente, eu fui expulsa. Ninguém me empurrou e ainda assim suas palavras, seus gestos me empurraram para o lugar onde a inocência ainda encanta pelas oliveiras e seus frutos.

— Senhor, é como é. Fomos alertadas. Não há dúvidas.
— A incomum urgência de suas palavras assustava. — Esta casa serve ao Império.
— Ordenarei para que organizem a hospedagem de vocês. Já não estão mais seguras.
— O problema não somos nós.

A jovem Ana olhou para mim sem fazer sequer um movimento. Ela não apontou para mim com a cabeça nem com sua intenção. Ela olhou para mim, não esqueço, alçada em inquietação por aquele olhar que não era um olhar, mas um vislumbre do futuro, o rasgar de uma mortalha, uma promessa obtusa.

Nesse exato momento eu deixei de ser criança para sempre.

— O problema — ela repetiu, enquanto meu pai se juntava ao seu olhar e eu começava a aprender tal como a lagarta tece seu casulo — não somos nós.

4

Eu era ainda muito menina quando o Gigante apareceu em casa. Minhas lembranças são turvas, mas ainda flutuam por aqui. Chovia. Chovia como se não chovesse. Nos tempos posteriores à nossa festa anual, quando passava o calor mais pesado do verão, as chuvas costumavam chegar como uma névoa, um ar molhado, como adentrar uma nuvem, e o corpo adquiria outra consistência, solidez de basalto, poroso e duro. Aquela chuva me deixava sem peso, mas sólida, e, paradoxalmente, com uma incômoda sensação de secura. Aqueles dias pareciam todos sábado, e o mar invadia a cidade sem se decidir a retroceder.

Quando meu pai saiu, vibrava no ar uma luz tênue que prometia irradiar-se. Assim que atravessou a soleira do portão, ele retornou grave, entrou em casa e voltou a sair com grandes passadas seguido por um par de doutoras, Ana à frente, ajustando sua túnica para momentos cruéis. Corri atrás deles.

Acocorado contra a parede, e disso não me esqueço, jazia o corpo de um homem descomunal. Nu. O rosto, o pescoço, o peito, tudo da cor marrom de sangue que quando seca parece barro úmido. Alguém trouxe um grande tapete de juta. Rolaram o homem sobre o tapete para arrastá-lo pelo pátio até o pavilhão das doutoras. Era o maior corpo que eu havia visto até então e que veria em toda a minha vida, maior que o corpo de um cavalo sem patas, maior que um novilho grande, e estava morto. Mas não estava morto.

Naquela ocasião, não entrei na sala de cirurgias. Pode ser que, coisa raríssima, tenham barrado minha entrada. Pode ser também que eu não quisesse ver. Aquilo não era uma mulher ou uma menina, nem mesmo um moleque surrado a pancadas ou açoitado, mas um animal em forma de homem, coberto de sangue seco e com a cabeça aberta. Uma besta enorme e nua.

Pouco tempo depois – que poderiam ser dois dias ou três semanas, período durante o qual não se voltou a falar sobre ele e nem eu perguntei –, Ana se aproximou e me conduziu às escadarias que subiam desde o pátio até a casa grande. Era o lugar das conversas íntimas e onde as pessoas iam se sentar sem necessidade de gestos, geralmente por cansaço, alegria ou tristeza.

— O Gigante não fala.

O Gigante. Claro, era um gigante.

— É um gigante, Ana? É um gigante?

— Não seja boba. É um moleque. Mas enorme como nunca vi.

Haviam deixado um gigante na porta de casa. Era normal abandonarem meninas mutiladas com pernas ensanguentadas, bebês com a barriga arrebentada, mulheres inconscientes por causa da violência contra seu corpo, desfiguradas, muitas vezes sem dentes entre os lábios e a gengiva. Era sabido que ali as doutoras exerciam muito mais do que a função de parteiras. Não se pode chamar uma parteira quando um pai estripa uma filha, destroça uma mãe. Deixavam-nas à noite, por isso geralmente era meu pai quem as encontrava à alvorada, a caminho dos armazéns. Não me lembro de nenhuma chorando ou gritando ao portão, no máximo um choramingo como o de um gato ou de um cachorrinho. Alguém, provavelmente uma mãe ou uma tia, ou ambas, as arrastaria sob o abrigo da noite. Não era raro que um soldado se aproveitasse do desamparo e da escuridão desses corpos para aliviar suas necessidades sexuais. Então as doutoras choravam e Ana estremecia.

Eu os amaldiçoo.

Nunca haviam deixado um homem. Nem grande nem pequeno. Um menino, sim.

— O Gigante não fala porque não pode.

— É mudo?

— Não, acho que não.

— É idiota?

— Ao que parece, não. É manso.

— Por que não fala?

— Arrancaram-lhe a língua.

— Por ele ser negro?

— Ou porque é diferente do resto. Provavelmente vinha do Egito a caminho da Síria, daí sua cor de pele. Creio que ele chama demasiada atenção para que não tenham gana de torturá-lo.

— E a língua?

— Deve ser por causa do seu idioma, por não responder... Qualquer desculpa serve.

Quando ele finalmente saiu para o pátio, e para isso precisaram empurrá-lo para fora, os resquícios secos em seu rosto e pescoço tinham desaparecido, mas doía tanto hematoma, tanto inchaço. As feridas da cabeça e um talho que lhe atravessava o lábio superior perto do canto direito traziam as suturas das doutoras. Isso eu conhecia bem, o cuidado que tinham com a sutura, a delicadeza sobre e sob a carne e por entre as vísceras.

Algum tempo depois do aparecimento do Gigante, meu pai voltou correndo, como era de costume quando havia corpos abandonados. Saíram Ana, algumas garotas e, atrás delas, aquele homenzarrão com restos de suturas. Normalmente, meu pai mais duas mulheres carregavam rapidamente o corpo ferido até o pavilhão. O Gigante adiantou-se a eles num pulo, tomou o corpo nos braços com aquela doçura singular à qual acabamos nos habituando e foi em direção ao local das cirurgias. Nós o acompanhamos. Ele depositou aquele ser sobre um dos leitos como quem alisa um pano, lavou mãos e braços e saiu.

Daí em diante ele era o primeiro a se levantar, mesmo à noite; o primeiro a abrir o portão, a carregar as meninas feridas, se fosse o caso, ou seus cadáveres. Dormia em uma esteira junto ao portão. No início, ao ar livre, e depois sob uma cabana que ele fez com palma e argamassa.

Nunca soubemos quem arrancou sua língua. Nunca soubemos sua idade, embora ele fosse pouco mais do que um adolescente quando chegou. Ele nunca mais saiu de nossa casa e, com o tempo, converteu-se em minha sombra.

5

Ana. Ana flor de alfena. Ana feridas abertas. Ana curativo e água doce. Ana vida e vida, e, diante de qualquer morte, vida. Ana dos meus amores. Ana memória de Ana.

Que cansativo tudo o que vivi. Deixar um registro aqui também é um ato egoísta de me aliviar. Preciso insistir nisso. Que ninguém acredite que meus interesses, meus atos, meus pensamentos são movidos por generosidade, não sei, por bondade, como se eu fosse uma papoula que se oferece, em sua beleza efêmera, para a contemplação de almas trêmulas. Eu conto para me tornar um pouco mais leve, dentro do possível.

Entre todas as minhas lembranças, a de Ana dói como se nenhum tempo tivesse passado, e nessa dor volto a ser uma adolescente, a conhecer o palpitar do coração entre as pernas, o desejo de gomos de tangerina nos lábios e a forma de lidar com os gritos das mulheres. Ela coordenava as doutoras e suas pupilas, conhecimentos, partos, cirurgias e leituras. Sem ser pequeno, seu corpo passava despercebido por quase todos, embora não por mim. O que costumavam lembrar dela era seu rosto. Pode o negro não ter manchas? Seus olhos eram claros como o negro absoluto. As pálpebras que tanto beijei, os cílios animalescos, lábios de gomos. Ninguém reparava em Ana porque ela tinha escolhido não ter corpo. Quem não mostra o corpo para o homem não existe para o homem. Não existe. Ah, se eles tivessem conhecido o prazer de engalfinhar os dedos entre seus curtos caracóis de azeviche.

Geração após geração, as doutoras herdaram das parteiras a arte da cirurgia e do manejo de plantas. Da violência contra meninas e mulheres, a destreza nas suturas. Depois de um corpo aberto, da anatomia, vem o conhecimento da terra, das estrelas e dos números, nessa ordem. Finalmente, a decisão de não gestar as tornou invisíveis. Ana, herdeira.

Sem ela, sem elas, o Nazareno não teria sido o Nazareno e eu não precisaria sentar-me para escrever tudo isso.

Há que deixar um registro. Agora sim. Os acontecimentos sucedem aos acontecimentos como a vida sucede à vida. As doutoras estavam aqui centenas de anos antes de Maria lhe dar à luz.

Com Ana eu aprendi a amar.

Os dados são desnecessários.

Depois daquela noite em que ela veio nos alertar com algumas doutoras, meu pai as instalou em um dos aposentos do pavilhão de hóspedes. Não era a primeira temporada em que elas passavam em casa. As operações muitas vezes exigiam dias de cuidado, algumas eram complicadas, outras se revelavam fatais. Ali permaneceram desde então, até que, muitos anos depois, tivemos que deixar tudo para trás e esquecer o conhecido.

Os zelotes não lançavam seu ódio contra nós, mulheres. Eles não eram como os escribas e fariseus, que simplesmente ignoram a existência das mulheres – e ainda o fazem – desde que cumpram com obediência sua função reprodutiva. Não havia ódio real nos escribas, apenas punição em caso de não cumprimento da lei sagrada de casar, emprestar nosso corpo para gerar e parir seus filhos e dedicar nossa vida para manter a deles limpa, satisfeita e em ordem. Rápido aprendi que aquelas que não ficam grávidas conseguem desaparecer, tornar-se ar, invisíveis, pouco mais que criaturinhas extravagantes vindas da África a quem não se olha nos olhos. Nossos olhos, espelhos de sua triste existência. Mas os zelotes eram outra coisa.

Sangue, sangue, carne aberta.

Os zelotes dividiam a terra em uma fenda sedenta. Serpente suja, traição, pedras, pedras, traição, pedras, pedras. Saciavam a fenda com o sangue das pedras. Adoravam a ferida que causava sede na terra. Amavam, sangue a sangue, a dor do território. O inimigo deles era o outro, a terra do outro, o sangue do outro. Suas vítimas, todos aqueles que tinham algo a ver com o outro. O território que eles cortavam não era nosso corpo. Era outro território.

Aprenda a se retorcer, chicoteie, chicoteie, espete. Alimente minha terra, corda, madeira, corda.

Os zelotes eram outra coisa.

Meu pai andava assombrado por medos e suspeitas, empurrado e alimentado por certezas. Na verdade, certezas, sim, isso mesmo, certezas. Ana havia dito: "O problema não somos nós". As meninas da casa apressaram seus passos como se o que pisavam não fosse chão. Eram as pupilas de Ana e as doutoras que saíam para atender partos e emergências. Mais tarde, outras se juntariam. À medida que a casa lentamente se convertia em um sanatório habitual de mil dores e um refúgio do terror, em centro da ciência, meu pai passava mais e mais horas, dias, nos armazéns de conservas. O ritmo do meu aprendizado se multiplicou. Eu assistia aos partos e a seus contrários, ao bloqueio de gestações, a sangrias e amputações, à sutura de corpos destroçados e também de mortalhas. Vejo, com o passar do tempo, como são registrados as feridas e os avanços nos territórios, mas não nos corpos. Os soldados do poder permanecem na memória porque a eles é prestada honra, ao contrário das doutoras da ciência. Esse é o mal de nosso mundo e nosso legado para a história.

Ao mesmo tempo, eu passava horas com meu pai. Não tinha ainda as minhas formas de todo desenvolvidas. Ele jamais havia contemplado a ideia do meu casamento e, se o tivesse feito, eu nunca soubera. A simples visão de mulheres, especialmente as mais jovens, mesmo as de minha idade, sendo cuidadas pelas doutoras em casa, transformou, aos meus olhos, o casamento no massacre em que o carrasco e o torturador brincam com sua vida e sua carne até que a subjugam ou a quebram. Isso eu via diariamente, e também dia após dia meu pai me puxava e me resgatava dos órgãos e das tigelas.

Na manhã seguinte ao dia em que Ana e sua assistente se instalaram de vez, meu pai me acordou ao amanhecer.

— Vamos mudar um pouco suas tarefas, princesa.

— Não sou uma princesa, pai. Basta disso.

— Você será sempre minha princesa.

Ele fez que não com a cabeça, e eu não entendi tanta consternação.

— Eu já sou adulta — insisti.

Sentado aos pés da cama, com os olhos avermelhados da noite sem dormir, ele deixou por um momento que seu rosto fosse fonte e campo. Ele abriu uma janela em si mesmo para que a filha pudesse respirar por meio dela, para que eu não me afogasse no que estava por vir.

— Você está mais crescida, sim, mais crescida. Agora você tem que aprender em um ritmo diferente. É necessário... — Ele balançou a cabeça e voltou a ser uma rocha. — Alguma ordem. É necessária... Precisa haver alguma ordem. É necessária. Alguma ordem. Alguma ordem.

Eu vi como as palavras estavam turvando seus pensamentos. Essa nova desorientação o envelhecia. Um homem jovem que envelhecia diante dos meus olhos.

— Ao amanhecer, você me acompanhará para receber os pescadores. Depois voltará para cá, com as doutoras. No final do expediente, voltarei para buscá-la para as obrigações do dia. Não sei quando ou como, mas você não deve negligenciar suas leituras.

De um dia para o outro, uma simples frase – "O problema não somos nós" – havia transformado a vida em uma resistência militar. Éramos um acampamento de guerra. Nosso sentimento não estava longe da realidade. Toda a sociedade estava em alvoroço após a deposição de Herodes Arquelau em Jerusalém; o domínio de Roma sobre as províncias teria sua resposta, que era uma resposta contra nós mesmos – a dos fanáticos.

— O Gigante viverá ao seu lado assim que você cruzar a soleira do pátio. Ele dormirá junto à porta do seu quarto. Você é o futuro. Sem você não haverá mais nada.

Eu gostava do Gigante, seu silêncio. Dividir meu tempo entre meu pai, as doutoras e o Gigante não me pareceu um modo de vida ruim. Mas quando a dor e a violência abrem os portões para as suas feras, enviam-nas para morder e devorar, inclusive suas bestas carniceiras para fuçar entre os mortos; o dano não cessa até que se desfaça a esperança de uma pele intacta. A dor física. Que pouca importância lhe damos, que pouca atenção dispensamos aos danos físicos que afligem aquelas inocentes para quem o grito precede ou sucede apenas o parto ou seu reverso. E, ainda assim, tais tarefas são mitigadas com papoula e meimendro, atendidas com gaze, linha e sedas, rodeadas por corpos semelhantes. Essa era a minha experiência. Permaneceu assim por um tempo; muito, muito pouco.

Durante aquela época, meu trabalho no armazém consistiu em observar. Ao amanhecer, eu via os pescadores chegarem carregando seus grandes balaios, às vezes cheios, às vezes só até a metade. Trabalhava para nós uma dúzia de barcos. No geral, eram famílias em que o pai e os filhos iam ao mar com suas redes todas as noites. Chegavam ao depósito com seu trabalho. Lá os esperavam os homens das conservas, as tinas de sal, as especiarias, e ao meio-dia as entranhas do turno já estavam amontoadas nas redes para filtrar seus líquidos, que preenchiam o ambiente com um cheiro que acabou sendo o cheiro da minha vida. O que para alguns é um fedor insuportável torna-se para outros, como no meu caso, o lugar para habitar.

Habitar nos aromas.

É a infância.

Aprendi rapidamente, primeiro com meu pai e depois com Lúcio, um homem silencioso que foi fiel a mim até o fim de seus dias, a calcular as viagens e seus tempos, as rotas, os envios, as respostas de portos mediterrâneos e das capitais do império. Aprendi com Lúcio a fazer as contas, a pagar sem caridade ou celebração. Ele me ensinou a ver como se dão as questões econômicas, como elas devem acontecer. Sem ter como meta a usura, as questões econômicas são os escassos mecanismos da vida. Em nosso caso, e até o assassinato do meu pai, de uma boa vida.

Lúcio era como um membro da família. Tinha sua própria casa, à qual nós nunca tivemos acesso. Não tinha esposa. Com o tempo, acho que as mulheres não lhe interessavam mais. Ele tinha por mim um carinho evidente, familiar, terno, mas sem nenhum outro contato além daquele que lhe foi confiado no momento de me instruir. Entretanto, com o assassinato de meu pai, foi ele sozinho que durante anos manteve a fábrica de conservas em ordem e até mesmo a fez crescer.

Alguns anos mais novo que meu pai, ele havia sido enviado por Roma quando nossos suprimentos começaram a se mostrar significativos para o Império. Sua missão deve ter sido, a princípio, controlar o funcionamento dos armazéns. Antes de eu nascer, ele já cuidava de todas as contas do meu pai.

Logo compreendi também a insistência de meu pai de que eu não deveria esquecer a linhagem da qual viemos. A rainha Salomé Alexandra, da dinastia dos asmoneus, como nós, foi a última monarca de um Israel independente. Então Roma apareceu e implantou seus reizinhos, cuja ignorância só foi igualada por sua brutalidade e eficiência na semeadura da morte; eu os amaldiçoo. Ela foi a principal benfeitora dos fariseus. Com a rainha, eles puderam estender e consolidar seu poder em Jerusalém. Daí o respeito que, saltando de geração em geração, eles tinham por minha família.

Não creio que, naquele momento, algum de nós soubesse com clareza as razões exatas, mas esse respeito por meu pai e por nossos negócios era inquestionável. As atividades econômicas separadas do culto religioso não eram bem-vistas, menos ainda quando suas receitas vinham do comércio com Roma. No entanto, a Galileia não era a Judeia. Em nossas terras, negociávamos, navegávamos, tratávamos com pessoas, regiões e idiomas para bem além das fronteiras. Até o aparecimento dos zelotes, não tínhamos conhecido ameaças. A partir de então, passamos a uma vida permeada por ameaças.

Aos poucos, eu passava mais e mais tempo com as doutoras. O comércio é fácil; o corpo e o sangue, não. Acaba sendo complicado aprender sobre uma atividade quando essa atividade é adornada com vísceras e gritos. Eu sabia – e como não poderia – que as pupilas de Ana atendiam as grávidas em suas próprias casas e também no edifício dedicado a isso em nossa residência. O prédio ficava à esquerda do pátio, um humilde pavilhão, a mais modesta e discreta das quatro construções que compunham a casa. Os jardineiros o haviam protegido com altos canteiros de oleandros brancos e uma densa sebe de alfeneiros, cujas flores marcavam a chegada da primavera com uma voluptuosidade que reputo estar ligada ao desejo. Por trás deles se erigia aquela edificação de um único piso, acessado por um lintel com duas jambas simples. Estava revestida com um reboco escuro. Assim era mais fácil enxaguá-la, e o sangue menos óbvio.

No interior, quatro câmaras davam num grande salão de entrada: a de partos e cirurgias, a de convalescença e as de ensino e leitura. Nos tempos mais difíceis, chegamos a abarrotar todas com leitos. Havia ainda um quinto quarto, escondido atrás do banheiro, com outra cadeira de parto, esteiras e todos os instrumentos necessários para a cirurgia. As doutoras eram parteiras, mas também impediam a gravidez, especialmente para as meninas que seriam arrebentadas por uma gestação. Os casamentos de virgens muitas vezes resultam no fato de que, assim que sua primeira fertilidade chega, se o marido não as destrói, o bebê gestado é quem o faz. O sangue precede a cavidade entre os ossos.

Meu pai, as doutoras, os armazéns, a casa grande, o mundo fechado e privilegiado no qual cresci e me formei permitiram que eu tomasse uma decisão firme de não me casar e, é claro, de não ter filhos. Assim afirmei e sigo afirmando. Continuo horrorizada com a forma como as famílias entregam suas filhas impúberes, crianças forçadas e abertas antes de conhecerem a menstruação. Essa domesticação animalesca e rude, esse sacrifício estúpido.

Estúpidos!

Estúpidas!

José, o carpinteiro da tribo de Davi, já era viúvo com três filhos quando lhe deram Maria, a mãe do Nazareno, minha querida Maria, a quem tive tanta dificuldade de entender, minha igual. Escolheram para o varão, próspero fornecedor de madeira para Roma, uma menina virgem. Nunca consegui convencê-la, mesmo no final de seus dias aqui em Éfeso, de que isso equivalia a sacrificá-la, a uma brutalidade. E, no entanto, ela tinha visto o que eu vi e aprendido o que aprendi com Ana e as doutoras por detrás da fronteira perfumada dos alfeneiros. Mas não se conhece essas coisas sem um gesto de renúncia ao que você é; são coisas escondidas. A realidade oculta e a realidade evidente, uma não existiria sem a outra. São dependentes.

Vivíamos sob a relativa segurança proporcionada pelo desprezo às mulheres. Ana, as doutoras e suas pupilas, além disso, eram invisíveis. Não creio que os fariseus e escribas desconhecessem o que acontecia atrás das portas do pátio do rico comerciante de conservas; todas as suas mulheres sabiam, as de Magdala e muito além. Aquilo simplesmente lhes repugnava, a ponto de suprimirem essa realidade do que poderiam admitir que existia. Ah, aquelas coisas desprezíveis de mulheres que, com o tempo, conseguiram se espalhar e se multiplicar em casas; doutoras e fêmeas dispostas a não engravidar. Mas, mesmo assim, suas mentes – frutos secos em solo que não aninha sementes – não puderam alcançar o aroma de nossos pequenos triunfos. Ignoravam como as doutoras eram treinadas, como as meninas ingressavam e se amontoavam nos aposentos do grande edifício para não voltar à barbárie sem saber como evitar a barbárie, como se recuperar dela, como combatê-la. Provavelmente, a vontade de ignorar é uma das maiores conquistas dos machos em sua complacência, a qual tendem a cultuar. No entanto, recorriam a elas quando alguma dor, infecção ou ferida lhes quebrantava a existência. Secretamente... Uma visita para a qual os demais fechavam os olhos, viravam o rosto. Nessas ocasiões, eles não tinham qualquer restrição a ter seus talhos suturados por mulheres.

Assim eram as coisas então, quando eu comecei a aprender com Ana e suas doutoras. Assim continua sendo.

6

Escrevo tudo isso. Creio ser essencial compreender o que aconteceu em seguida, meu encontro com o Nazareno, nossa relação, a ignorância de seus discípulos, aquilo que eles chamam de milagres. Ah, suas mentes limitadas.

Nem meu pai, nem Ana e as doutoras, nem as decisões sobre meu corpo, tão fundamentais, ou meu trabalho comercial, o dom de uma vida resoluta, me transformaram tanto quanto o pouco tempo com o Nazareno, toda uma vida. Meus conhecimentos prévios me prepararam para nosso encontro – a água, o sal, as ovas, o tempo, a rede, o mundo no olho do peixe, o fio da faca. Ele não era um estranho. Também recebeu sua parte. Algo como um apoio, algo a partir do qual tomar impulso e, ao mesmo tempo, o oposto, um lugar para recostar-se. Nada como a profunda transformação íntima, absoluta, a decisão de ser outra, uma viagem séria aos confins, que frutificou em quem sou, serei e já era antes mesmo de eu nascer. Carne elevada, viagem ao abismo, ar revolto que se transforma em uma coluna de água doce e faz voar o lodo.

Os assuntos que o aproximaram de mim, a aproximação em si, alimentaram a raiva dos seus, os discípulos do Nazareno que agora insistem em transformar tudo aquilo em logros vãos. Eles vendem, espalham a impostura.

Toda narrativa requer seu tempo. Cada evento tem sua causa, há sempre um antes. Ah, mas todo pensamento acaba sendo transformado em mercadoria para seu próprio lucro pelos mercadores da ignorância.

Uma vez abandonado, entregue à morte, enfraquecido, eles constroem sobre sua memória mecanismos orais de submissão; artefatos, escritos que transformam em pedra de toque tudo aquilo que ele veio combater, consciente desde o primeiro momento de que lhe custaria a vida. Preparando-o meticulosamente.

7

Eu conheço a violência. Não a esqueço. Hoje me lembrei de um dos primeiros atos de violência que conheci. A velhice traz de volta, à custa de meus ossos, os restos dos naufrágios da memória. Recordei-me de certa entrada da crueldade em minha vida, para além dos sangrentos acontecimentos cotidianos. Não o massacre, não o esquartejamento, não os cadáveres empilhados, mas a crueldade de atribuir qualquer forma de assassinato ou violência à loucura. Pensados agora, esses outros, os fatos habituais do sangue, retratam com preciso cinzel nossos caminhos, nossa convivência habituada à violência e à morte.

Aconteceu ao lado de um de meus armazéns aquele massacre que veio a ser chamado de "Loucura de Admiel". Mas não era loucura, e sim hábito. Pouco a pouco e sem descanso, a raiva negra encheu o coração do desafortunado.

É sabido por todos que perto dos armazéns de salga moram apenas os desgraçados, aqueles que não têm outra escolha senão suportar o fedor do peixe e a fermentação da tripa que é preservada para o *garum*, a verdadeira fonte de riqueza de todo o processo pestilento.

Eu conhecia bem Admiel e houve muitas ocasiões em que ele correu às minhas oficinas em busca de algumas peças para cobrir sua indigência e acalmar a raiva de sua esposa. Lembro que a mulher ainda era jovem quando o infeliz a apunhalou no pescoço e, de saída, deixou uma sinistra silhueta da morte desenhada na cal da parede. Ali ainda deve estar aquela sombra final, delineada em escarlate. Depois disso, um após o outro, ele apunhalou seus cinco filhos. Que coisa! Eu ainda me lembro de seus nomes: Naftali, Benjamin, Efraim, Edite e Judite.

Ah, a memória.

A cada semana, geralmente aos sábados, para desespero de alguns de meus concidadãos, saio para os extremos da cidade e apanho flores silvestres a fim de alegrar a casa e, acima de tudo, para manter azeitadas as juntas do meu esqueleto. Invariavelmente, uma das meninas da casa se oferece para fazer por mim o que elas consideram uma tarefa excessiva, até mesmo perigosa para a minha idade. Elas suplicam que eu pelo menos permita sua companhia. Nunca cedo. Meus exercícios, minhas dores e dificuldades, minha inabilidade cada vez mais embaraçosa são somente minhas. Eu sei, claro, que normalmente uma ou duas me seguem de longe, e elas não desconhecem que sei disso. São agora pactos de vida para os quais a passagem do tempo diminuiu a importância. O essencial é caminhar sozinha, e escalar sozinha se necessário, inclinar-me e com meus dedos de pele e osso colher a lavanda, o tomilho, a piorneira. Que as meninas me sigam, que estejam conscientes da velha falta de destreza de meus membros, não me incomoda. Esqueço no exato momento em que coloco meu pé do lado de fora da cidade.

Entretanto, ao contrário de minha memória sobre Admiel, preciso delas para lembrar onde coloquei os maços depois que chego em casa e tomo meu banho. Lavar o pó da rua em água doce é quase tão agradável quanto a própria rua. É assim semana após semana. Saio do banho, cubro-me com uma das muitas túnicas de fio branco que são minha única roupa, e tenho que chamar uma das meninas para encontrar os tesouros coletados nos penhascos. Tornou-se quase um jogo, e temo que elas o vejam como tal – um jogo do qual participo, no qual finjo, mas a verdade é que, uma vez descansada, nunca consigo lembrar onde depositei meus gloriosos, ainda que perecíveis, tesouros.

Sim, mas posso recitar sem problemas os nomes de toda aquela família, a protagonista do crime chamado "Loucura de Admiel". Entretanto, como já disse, não era loucura, mas raiva envenenada no paupérrimo coração dele. Vagamente me vem à memória a fofoca sobre a miséria de sua vida, justificando esse crime com alusões à crueldade de sua esposa, às insuportáveis exigências familiares, à vergonha pública e ao escândalo.

O assassinato sempre me pareceu uma idiotice. Além de ser um ato vergonhoso, uma idiotice. Aquele homem miserável viveu desde então ansiando por aquilo mesmo que o levou a matar: a família que ele tinha. Em outras palavras, a única coisa que ele tinha.

Escolher a morte é sempre, sempre, sempre um ato idiota. Toda a minha vida rodeada de idiotas. Toda a minha vida cercada e testemunhada pela morte.

Devo supor que os homens semeiam a morte da mesma forma que as mulheres semeiam a vida? Devo supor que esse é um inverso natural? Pois da mesma forma que as mulheres já nascem obrigadas a gerar e a dar à luz, os homens vêm ao mundo ungidos com a fatalidade de matar. Embora talvez não se trate de uma fatalidade, mas de uma qualidade. Mas não, não aceitarei tal extremo. Se eu aceitasse o ato de matar como uma qualidade, ou seja, uma virtude, meu ser nesta terra, tudo o que aprendi, tudo o que construí, seriam atos vãos, existência infectada pelo nada.

8

Celebrava-se em casa o décimo dia do sexto mês. Era nossa festa, a lua cheia do sexto mês romano. Nossa. Em casa e em nossos armazéns na costa do mar de Galileia, a maior festa do ano. Não era uma celebração que coincidisse com qualquer outra do culto. Era nossa, nossa celebração. Não correspondia a deuses ou templos. Correspondia à felicidade do trabalho realizado, à renovação, ano após ano, de nossa fonte de riqueza, sinal de sermos novamente pessoas de posse.

Era a nossa festa.

De minha família e todos os trabalhadores da salga, dos pescadores que nos provinham de matéria-prima e de suas famílias. De todos nós. Celebrávamos o trabalho, a água e o peixe. Era o oposto de jejum e penitência. Uma diversão na terra, o sal, o mar e seus frutos.

Era a nossa festa.

As grandes travessas de conserva de peixe misturavam-se com as cerejas que meu pai mandava trazer do mar Negro, as primeiras romãs da estação, mel, queijo, azeitonas, tâmaras, massa ao forno, cevada e centeio. Às margens do lago, a pele dos grandes peixes crepitava sobre as brasas. Sabores, aromas e algazarra percorriam as ruelas de Magdala.

Era a nossa festa.

Ia até o dia seguinte e além. Homens, mulheres e crianças bailavam ao som de cordas, sopros e tambores que eles mesmos traziam e tocavam em alto som. Música de dia, confusão à tarde, embriaguez à noite. Músicos chegavam de Meroé, na África, da vizinha Pérsia; de música em música, mais um amanhecer. Era assim que comemorávamos.

Era a nossa festa.

Assim ofendíamos aqueles sempre prontos para se ofender. "Nós não os ofendemos", repetia meu pai ano após ano, "eles se ofendem sozinhos". Ele ria e fazia piada desse empenho dos piedosos em se escandalizar. Ano após ano, as mesmas palavras, as mesmas brincadeiras, os mesmos brindes, as mesmas danças e agradecimentos a si mesmo, àqueles com quem trabalhava, ele e os demais. Não era um homem expansivo ou dado a demonstrações de alegria ou afeto. Naqueles dias e em nenhum outro, transbordava de felicidade. Durante aquelas horas, meu pai flutuava sobre os instrumentos e sobre a alma do vinho.

Era a nossa festa.

Eu, naquele ano, celebrava também minha primeira menstruação, sem compromisso com pretendentes. Comigo, as mulheres da casa. Uma festa a portas fechadas. Meninas, aprendizes e doutoras pegavam seus estojos de adereços e, com marfins e instrumentos de madeira que me fascinavam, pintavam seus olhos com fuligem. Deixavam de ser invisíveis por um momento, sim, a portas fechadas. Mulheres que não engravidavam, fêmeas merecedoras de desprezo se elas aparecessem.

Aquela era a minha festa.

Pela primeira vez, pintei minhas pálpebras de verde com pó de malaquita, junto com elas decorei meus braços e tornozelos com aros de metal e trançamos contas coloridas. Palpitava por ali a ausência de minha mãe, no espelho de bronze que fora dela e continua a ser meu maior tesouro. Uma mulher radiante. Eu! Uma mulher radiante, eu! Com o olhar fixo sobre mim mesma, filha da austeridade imposta, desfrutei do *garum* com mel dos grandes dias.

Aquela era a minha festa. Nossa festa. Aquele dia era o maior.

Durante as semanas mais calorentas do ano, os armazéns destilavam o melhor *garum*. As vísceras de peixe fermentadas com especiarias e ervas, cobertas com sal e curadas ao ar livre requeriam o castigo do sol mais quente. Assim, todos os armazéns estavam em funcionamento, mesmo os menores, fechados durante o resto do ano, e tinas de *garum* eram filtradas e enviadas para Roma. Entre seus mantimentos, aquela era a mercadoria mais preciosa. Usávamos coentro, hortelã, endro, orégano, funcho e aipo. A qualidade do néctar resultante era tanta, o ponto exato de sal e aroma eram tais que o produto levitava pelos mercados do Império. Sim, as vísceras dos peixes pequenos do mar da Galileia. Era esse o segredo. A água doce fazia com que o *garum* se destacasse de outros produtos comercializados em regiões mais ocidentais, como a Hispânia, cujos peixes de água salgada nos pareciam gordurosos.

Aquela era a minha festa. Nossa festa. Um dia, um único dia para festejar, para tamborilar e dançar pelo ano de trabalho.

Era tarde da noite quando eles irromperam. Muitos anos se passaram e em minha memória permanece uma desordem em espiral, um abalo sem início que ainda hoje não terminou, aqui está e continua. O movimento brusco penetrou em meu sonho e era o próprio sonho. De repente, eu me encontrei na sala de partos. Costumavam tapar a entrada dos outros cômodos do pequeno pavilhão – os quartos das cirurgias, das curas e das ciências concretas – com um tecido claro, de um ocre lavado. A sala de partos e a que ficava à sua frente eram as únicas com porta. Lá estava eu. No batente, o Gigante se abria em cruz para fechar a entrada e a minha saída. Os gritos brotaram de meu próprio sonho e eu os vi ricochetear pelas paredes. O ar, agitado por animais ferozes, tremia como uma debandada de aves minúsculas, e eram pássaros de sangue.

A morte sacode a existência como uma turba descontrolada.

— O que é isso? O que é isso? O que é isso?!

Meus gritos explodiam contra o Gigante em prantos infrutíferos. A certeza de uma agressão contra minha recém-descoberta felicidade. Um futuro de gumes inimigos. A solidão é primeiro pressentida. Depois, apenas carne. É assim que as coisas são. Assim. As pessoas sem vida são carne, como animais prontos para o fogo; carne em que ninguém permanece, nem mesmo aqueles que mais amamos, nem o ódio permanece ali onde houve um frêmito. Odiar em vão é coisa imperdoável. O amor permanece. Mas sobrevive-se. Sobrevive-se à carne e à morte. Assim é.

Já amanhecia quando, feito o clarão cego de um mundo que acaba de nascer, chegou o silêncio sinistro que se segue à dor. O Gigante abriu a porta e acenou com a cabeça. Dezenas, centenas de homens, mulheres e crianças, sei lá... A casa toda atapetada de olhos sem lágrimas, bocas entreabertas. Lembro que tive a sensação de que todos respiravam ao mesmo tempo, o soluço de um único corpo amorfo. Pisei em cabeças e membros no meu caminho atrás do Gigante. O silêncio cortado e decomposto chegava até o grande armazém e lá se estilhaçava em gemidos. Somente as doutoras iam de um lado para o outro em túnicas ensanguentadas; braços, pernas e cabelos ainda decorados com contas transformadas em correntinhas sinistras. Parei na entrada sem ver ou pensar, não sendo nada, e ali permaneci sabe-se lá por quanto tempo até que Ana notou minha presença e correu até mim.

Já não era mais Ana.
Tampouco eu era eu.
Não me permitiram ver a cabeça de meu pai.
Reconheci seu corpo.
Água, água, água, água, água, água, água, água, água, água, rocha, rocha, rocha, rocha, rocha, rocha, rocha, rocha, rocha, rocha, pó, pó, pó, pó, pó, pó, pó, pó, pó, pó, vidro, vidro, vidro, vidro, vidro, vidro, vidro, vidro, vidro, vidro, diamante.
Diamante.
Diamante.
Quanto tempo permaneci transformada em diamante? Quanto é sempre? Em que parte do meu peito permanece ainda hoje? Foi preciso alguns dias antes que alguém sem piedade me falasse de sua decapitação. Nessa altura, o que sobrou de mim já estava ganhando consistência e eu começava a ansiar por me desfazer.
No entanto, sobrevive-se.
Sobrevive-se à carne e à morte.
Assim é.

9

OS ZELOTES DECIDIRAM AGIR DURANTE A NOSSA MAIOR celebração anual, tão estranha às suas cerimônias sagradas; perpetrar seu massacre, matar e decapitar meu pai. Apunhalaram uma meia centena de pessoas, homens, mulheres e crianças, pelo simples fato de celebrarem inocentemente nosso modo de vida, um trabalho cujos rendimentos vinham de Roma. Não poucos morreram e muitos acabaram mutilados. As doutoras trabalharam sem descanso durante as semanas seguintes. Eu as via passar, mas não as ajudava. Eu não era nada além de mármore e como mármore passava as horas, largada feito uma escultura, em branco como pensam as esculturas.

Durante muitos anos, reconstituí repetidas vezes o que tinha visto naquela manhã no armazém. Eu não queria que se apagassem sequer os menores detalhes, membros, cortes, sangue, vísceras. Mandaram-me a Roma, lá onde os poderosos ainda desfrutavam de nossas conservas. Os opulentos sem alma foram minha educação. Em Roma, alimentei meu ódio multiplicando meu trabalho, minha fortuna e meus desafios. A ira do Sinédrio contra a matança na festa das conservas permitiu alguma paz em Magdala. Durou pouco. Chegavam-me notícias que mal roçavam minha entrega ao nada. Quando voltei de Roma, anos mais tarde, já era uma mulher muito rica. Uma fêmea poderosa acima de suas orações. Implacável.

Só agora passei a urdir o passado que levou nossas vidas até este momento, a concatenar os poderes, interesses e crueldades. Deve ter a ver com a História, que já me endurece as articulações, e, finalmente, com a reconciliação com a vida, com o passado. Há muitos anos, quando enfrentei o Nazareno, eu me despojei do ódio. Às vezes, agora que ele já se foi, confesso que fico tentada a recuperar esse sentimento, mesmo que apenas para me sentir viva. Ah, que perda de tempo. Já não perco mais tempo. O ódio é um tesouro muito valioso para ser dado aos porcos. Agradeço à idade por esse progresso. No ritmo da maturidade, a fúria se abriu dentro de mim, ainda melhor, como uma planta carnívora, até criar ali um refúgio a salvo de interrupções e exigências sociais. É uma fúria íntima e abrigada contra a idiotice.

Agora a vida dos seres humanos simplesmente passa diante de mim, e às vezes até participo dela, não mais com um espírito de sedução. Não estou me referindo à sedução amorosa, que também há, embora seja a primeira a desaparecer, mas à necessidade, à obrigação de ser amável, de parecer agradável, de prestar atenção e, mesmo que fingindo, de sorrir ou de me enfeitar. Uma túnica de fio cru, uma arrumação qualquer dos cabelos e sandálias de couro são suficientes para eu não aparecer nua na frente das meninas. Os xales, quando faz um frio, ainda vêm dos dias em que eu costumava celebrar festas, e no esqueleto da minha austeridade suponho que sejam graciosos ou bizarros, dependendo de quem vê. Há anos não uso enfeites. Mantenho o espelho de bronze de minha mãe e o enfrento todos os dias. Eu a vejo com frequência, alguém que nunca conheci. Aí está ela, olhando para mim com a aparência exata que teria tido se chegasse à senescência. Minha senescência é a dela. Olho para mim e vejo uma mulher com cabelos grisalhos, olhos castanhos e um semblante sereno e um tanto desafiador. Magra e velha, não com a pele sulcada, e sim translúcida, uma cobertura gasta, fina e fosca. Lábios traçados em vermelho, nariz pequeno e afilado, pescoço longo e magro como o de um pássaro. Sou manchada como uma folha no outono – ocre, laranja, acastanhada na luz e um pouco esverdeada nas bordas; uma folha suspensa no ar, entre a árvore e a terra úmida, pronta para se decompor.

Até o dia em que me sentei para escrever estas palavras, não havia praticado nenhuma das artes, nem isso havia me passado pela cabeça, mas desfrutei de todas elas. O que faço agora nada tem de arte, é apenas memória. A arte das letras é algo diferente; organiza o interior e o cérebro vezes e vezes sem conta. As letras fazem isso sempre que são revisitadas, e em cada momento a ordem resultante é diferente, as entranhas são renovadas em cada leitura. Essa é a arte de escrever. A arte de escrever, ah, sim, precisa da arte de ler. E esta, por sua vez, precisa da arte de viver. E esta... Fim. É um círculo e eu não posso me perder. Basta dizer que nunca pratiquei nenhuma arte e, ainda assim, as letras, a música, a dança, a escultura, todas levaram meus órgãos às alturas e muitas, muitíssimas vezes me comoveram.

Por tudo isso devo agradecer ao meu pai. Também minha destreza em economia, meu conhecimento das ciências do corpo, do cálculo e da astronomia, e uma perigosa predisposição a ceder o espaço que habito para outras finalidades que não a de habitá-lo. Deve ter havido algo de tudo isso em minha mãe também. Não consigo imaginar tal disposição em uma menina que a estranhasse totalmente ou fosse apenas útil para o alívio sexual e reprodutivo. Minha aparência, para não ir além, sem dúvida vem dela, porque nem uma única de minhas características físicas lembra meu pai. Sempre fui alta, e, dada a minha idade, ainda sou. Fui e sigo sendo magra, com membros longos e leves. Meu pai era um homem robusto e algo lenhoso, curvado para a frente em uma inclinação que, se lhe tivesse sido dado tempo, teria chegado como uma corcunda. "Pareço uma oliveira velha", ele brincava às vezes, apesar de sua juventude. "Mas você é como sua mãe, uma palmeira alta, graciosa e desajeitada." Eu não gostava do "desajeitada". Acho que não sou e nem era, e que isso se devia à ânsia de meu pai de me achar parecida com ela. Ele nunca mais voltou a ter uma esposa.

Dinastias, genealogias, rastros de nossa passagem por esta terra seguindo rastros de outras passagens que seguiram rastros desde o começo de tudo.

Sim, voltei de Roma anos depois do assassinato de meu pai, transformada em uma mulher duríssima, poderosa e selvagem. Somente o diamante rasga o medo. Nada resta dela em mim, nada da mulher que fui porque não houve nada. Aquilo passou sem me tocar. Quando voltei a Magdala, uma fera feita, não guardei dentro de mim nem uma gota de Roma. Durante meus anos na capital do Império, obedeci àquela frivolidade ultrapassada e fiz o que se esperava de mim. Deixar-se ser é fácil, especialmente naqueles ambientes de deleite, mas eu existia apenas da pele para dentro. Não tenho nem mesmo uma memória de minha aparência ou de meus movimentos da pele para fora. Até este momento.

10

ZEBEDEU ERA UM HOMEM BOM, UM HOMEM HONESTO. Seu trabalho era ir ao mar e negociar comigo; ele só negociava comigo, não precisava de mais nada. E enquanto Lúcio esteve por lá, negociava com ele. Eu gostava de Zebedeu. Gostava de como ele nunca deixava de sair para pescar. Ele controlava seus barcos e trabalhadores, a atividade de seus sócios, amanhecia em meus armazéns, mas nunca deixava de lançar a própria rede. A rede é um modo de vida e sua ausência é a morte, aqueles que trabalham sabem disso. Ele conhecia o mar da Galileia como um cão conhece todas as ruas da cidade, com todos os sentidos: cabeça, pele, olfato. Pode-se pensar que, afinal, o mar da Galileia, que eles chamam de lago Tiberíades, não é uma extensão tão vasta de água; no entanto, somente homens como Zebedeu conhecem o ritmo de suas ondas, suas estações, a temperatura e o movimento das sombras que atraem os cardumes de peixes para o lucro dos pescadores. Para nossa alimentação.

É isso. Alimento.

Em Magdala, Zebedeu era um rei do mar. Seus pescados vinham de Betsaida, valia a pena. Ele era um rei e trabalhava para mim. Escrevo isso e me lembro de meu pai: "Você é uma rainha". Não gostava disso. Mas agora...

Ele chegou em casa naquele dia de final do verão, quando eu ia começar outra vida, mas ainda não sabia. Outra vida. O que eu saberia então do que seria viver em mim, minha própria vida, o que eu saberia além de alimentar um personagem. Isso.

Eu tinha voltado do Império e, ao traçar estas palavras, sei que deveria escrever sobre meus anos em Roma. Estou tentada a isso, mas de que serviria? Estou deixando aqui um registro de como me transformaram, de quem foi aquela que, sendo eu e ainda não sendo, retornou a Magdala.

Bem, Roma. Bem... Recém-informada sobre a decapitação de meu pai, cheguei à residência de Julia, a Menor, membro da família imperial, ou assim me lembro. Ignoro a razão, mas lá fui recebida pela elite. Desde o reinado de Calígula, eu tenho estado alheia a tais coisas. Lembro que cresci ali, aprendendo os caminhos da abundância e, ainda mais, do excesso. Ninguém se importava comigo para além de me dar alimentos e roupas. Eu compartilhei banquetes, bacanais, conspirações e as muitas maneiras de deixar o tempo passar. Devo dizer, a bem da verdade, que ninguém tentou abusar do meu corpo. Em resumo, vivi durante anos como uma planta estranha e intocável de terras distantes. Uma planta.

Eu tive, claro, minhas relações íntimas com homens e mulheres, em sua maioria jovens. Aprendi pouco com isso. Ah, mas além dos arquivos dos palácios aos quais eu tinha acesso, havia na capital as bibliotecas abertas para leitura. Delas, conseguia exemplares para continuar obedecendo à ordem de meu pai de ler. Sem elas, eu teria morrido de tédio ou de embriaguez. Devo-lhes estes escritos.

Além das letras, no palácio de Julia, a Menor – e nos que se seguiram, não lembro quantos porque em todos a rotina era a mesma – eu acabaria numa inevitável moleza de prazeres efêmeros cujo fim era a morte.

Mas voltei.

Zebedeu chegou em casa logo após meu retorno e não foi algo habitual. Costumávamos nos encontrar nos armazéns junto à Torre dos Peixes, e nas duas vezes em que ele se aproximou de mim foi com a apreensão de alguém que não sabe se a jaula está aberta. Ele nunca me permitiu convidá-lo para comer ou beber, nem mesmo um copo de água. Pode-se dizer, e isso é uma simplificação, que Zebedeu era um homem austero. Homem e austero. E que eu não era nenhuma dessas coisas, nem homem, nem austera. Uma simplificação, embora contenha, como todos os rascunhos, sua verdade.

A partir do momento em que ficou claro que eu estava voltando para prosseguir os negócios de meu pai, um sentimento primitivo de afronta se espalhou, não apenas em Magdala, não apenas na Galileia, uma afronta que chegou até Jerusalém desde todos os povoados que rodeiam o mar. Ali meu retorno contrariava todas as tradições. Mas as tradições não existem por si mesmas, e esse ensinamento eu tenho que agradecer ao Nazareno, ao seu desacato; a montanha, o sábado, o rito e a punição sustentam o poder dos poderosos. Que simplificação. Que violência.

Como eu poderia então pensar naquilo? Refiro-me a expressar para mim mesma exatamente em sua estrutura? Eu era pura intuição. Ademais, eu não tinha tempo nem espírito. Ficava evidente que essa afronta não se devia apenas ao fato de eu ser mulher, de ter me tornado uma estrangeira; não é que eu tivesse violado regras abstratas, mas que, ao encarnar uma possibilidade, eu era uma ameaça para eles, para os judeus, os idiotas. Eu era possível. É por isso que as relações comerciais de Zebedeu comigo eram fundamentais – não apenas importantes, fundamentais. Daí sua distância. Por isso mesmo era indispensável preservá-las.

Que imbecil eu era. Ele estava lá, ele sempre esteve presente, mas eu aspirava à vanglória. Que imbecil. Como não pude valorizar o que isso significava para um pescador, um homem da Galileia, vincular seu trabalho ao meu negócio.

Aquele dia ruim no final do verão em que minha vida mudou para sempre, em que minha fúria foi libertada. Ai de mim, essa minha fúria. Os suprimentos de peixe estavam minguando e tudo o que construí cuidadosamente desde a minha volta parecia estar rachando como a terra seca de um profeta. Até agora me arrependo de como me comportei e, eu sei, de nada vale a desculpa de que isso eu não podia permitir. Não foi uma questão econômica. Eu não podia, tinha a ver com a personagem de mim mesma que eu havia construído contra a violência, tinha a ver com todo meu medo e ódio acumulados. Era como admitir tal violência em minhas entranhas. Tenho ainda a sensação – mais que isso, a certeza – de ter sido brutalmente injusta com esse homem fiel, à sua maneira um companheiro para a minha louca determinação de continuar o empreendimento, continuá-lo sendo mulher, faltando com todo respeito, toda regra e toda modéstia. Zebedeu sempre esteve presente.

Ele não era um homem de negócios amável. Nisso ele lembrava meu pai, em sua maneira de se afastar mesmo por perto, de evitar contato, manter distância, de não sorrir e rejeitar a condescendência. É provavelmente por isso que confiei nele.

Eu havia passado anos suficientes na capital do Império para aprender letras, botânica e medicina. Uma década sentindo falta do cheiro de *garum*, de tripas e escamas, de ânforas ao sol. Não houve um único dia de meu desenvolvimento exuberante naqueles palácios em que não sentisse falta de casa. No meu retorno, não tive dúvidas sobre o que eu queria. Como era seu costume, Lúcio tinha continuado a produção com todo o rigor. Depositara nos cofres da família tudo que o comércio lucrava, sem permitir que o ritmo abrandasse. Quando percebeu que a idade estava prejudicando suas capacidades, que seus ossos não lhe atendiam, como os meus agora não me atendem, informou-me de sua decisão de se aposentar. No exato momento em que recebi sua mensagem, deixei tudo e voltei para a Galileia.

    Lá, tudo parecia permanecer como estava, exceto Lúcio e a casa onde eu e meu pai morávamos, fechada desde a minha partida, ainda uma criança. As doutoras permaneceram na ala de convidados e o pavilhão médico cumpria exatamente sua função. Quanto a Lúcio, o tempo tinha sido cruel com seu esqueleto. Ele, que sempre fora um homem rijo, de vontade inabalável, com uma longa e matemática elegância, tinha desmoronado. Suas costas, seus dedos, seus joelhos, todos os seus ossos se retorciam, dolorosa e completamente.

    Foi preciso a saída de Lúcio para que os ataques aos armazéns começassem. Os fanáticos e seus sicários contratados entravam à noite no pátio de conservas e esmigalhavam a golpes as tinas onde fermentavam nossa riqueza e o modo de vida dos trabalhadores. O alimento! Eles não sabiam nada, não pensavam nada sobre o modo de vida, mas o medo se espalhou entre os pescadores e suas famílias. Ninguém me deu seus nomes ou os indicou; os destruidores vieram de mais além, da Judeia, de Jerusalém. A Galileia era uma terra de comércio, de paz. Aqueles foram tempos de desespero e raiva. Muitos dos que me rodeavam insistiram para que eu abandonasse meu delirante empreendimento. Até mesmo o velho Lúcio apareceu em casa para me avisar. "Isto", disse ele, "não vale a sua vida". Lembro-me de pensar que sim, que valia, sim. As coisas mudam demais em pouco tempo, e logo percebi que a morte nunca é uma opção.

    Somente Ana e Zebedeu, o pescador, ficaram comigo naquela época. Ana, simplesmente sentada ao meu lado nas escadas da casa, opondo-se ao meu choro e à minha exasperação com seu suave silêncio. Zebedeu, cumprindo com estrita regularidade suas funções de fornecedor. Ele e os barcos que possuía, mais seus trabalhadores.

Soube que tinham queimado todos os seus barcos em uma tarde com rumor de avalanche. Na manhã seguinte, enviei-lhe tudo o que ele precisava para substituí-los. Não recebi resposta, mas três dias depois seus homens estavam às portas de meus armazéns com seus balaios cheios. Pouco tempo depois, as embarcações foram incendiadas novamente, e minha resposta foi a mesma. Conseguir barcos, bons barcos, não foi tarefa fácil, mas também não foi um problema para a minha fortuna. Acontecia o contrário com o medo e a desconfiança do povo e dos trabalhadores.

Naquele final de verão, quando tudo mudou, já haviam se passado vários anos desde meu retorno a Magdala, e alguns anos desde os ataques aos armazéns e os incêndios. Anos, e tudo tinha piorado. Eles não queimavam mais os barcos que pescavam para mim, nem quebravam as tinas da salga. A violência dos governadores do Império sangrava a Judeia, a Galileia e seus arredores enquanto eu continuava a negociar com Roma. Não era mais apenas uma questão de eu ser ou não uma mulher sem homem. Minha fortuna vinha do mal. As festas da minha casa tornaram-se clamores de infame decadência, revestiram meu negócio com política. Tudo em Jerusalém apodrecia na política. Minha própria existência merecia uma punição.

Eu era uma possibilidade a ser eliminada.

Às vezes, fareja-se o sangue. A morte salta de telhado em telhado, varre as vielas deixando para trás um fedor de faca curva. Nada se compara. Nem o ataque aos meus, nem as cuspardas na rua quando eu passo. Nada se compara ao cheiro da morte quando ele se abate sobre você.

Naquele dia, Zebedeu chegou acariciando a barba, sombrio, desanimado por uma derrota a ser compartilhada serenamente, mas minha fúria estava prenhe de sangue. O medo havia voltado a me ocupar. O medo de perder tudo, de falhar em minha luta para ser como eu havia decidido ser, o terror pingando da cabeça recém-cortada de um homem. A decapitação de meu pai naquele amanhecer de membros decepados, o inferno de carnes ainda sangrando. Precisei de anos de exílio, de excessos imperiais, de tecer imposturas requintadas. Anos pastoreando sangue. Eu tinha regressado vestida de vingança. Assim trajada, fiz do meu negócio um personagem. E de repente o medo voltou, as piores lembranças.

— O que você acha, seu velho imundo? Acha que a pobreza pode me assustar? Você acha que seu cerco pode me destruir? Saiba que eu não temo seu desprezo, suas artes perversas, suas ameaças. Sim, ameaças. Olhe-me no rosto. Ameaças, foi o que eu disse. Você acha que pode me pôr de joelhos roubando meu peixe? A morte não pode comigo. Sangue e faca contra a minha família não puderam comigo. Não tenho medo. Olhe para mim, Zebedeu. Eu não tenho medo de você.

Antes de se virar e arrastar suas sandálias, o velho pescador disse apenas uma coisa:

— Meus filhos Tiago e João se foram. Simão Pedro, meu sócio, também abandonou a pesca.

11

Isso é o que sou, o que somos.

Abraão gerou Isaac; Isaac gerou Jacó; Jacó gerou Judá e seus irmãos; Judá gerou, de Tamar, Farés e Zara; Farés gerou Esron; Esron gerou Arão; Arão gerou Aminadab; Aminadab gerou Naasson; Naasson gerou Salmon; Salmon gerou Booz, de Raab; Booz gerou Obed, de Rute; Obed gerou Jessé; Jessé gerou o rei Davi. Davi gerou Salomão, daquela (que fora mulher) de Urias; Salomão gerou Roboão; Roboão gerou Abias; Abias gerou Asa; Asa gerou Josafá; Josafá gerou Jorão; Jorão gerou Ozias; Ozias gerou Joatão; Joatão gerou Acaz; Acaz gerou Ezequias; Ezequias gerou Manassés; Manassés gerou Amon; Amon gerou Josias; Josias gerou Jeconias e seus irmãos, no tempo da deportação para a Babilônia. Depois da deportação para a Babilônia, Jeconias gerou Salatiel; Salatiel gerou Zorobabel; Zorobabel gerou Abiud; Abiud gerou Eliacim; Eliacim gerou Azor; Azor gerou Sadoc; Sadoc gerou Aquim; Aquim gerou Eliud; Eliud gerou Eleazar; Eleazar gerou Matã; Matã gerou Jacó; Jacó gerou José, esposo de Maria.

Assim, todas as gerações são: de Abraão a Davi, catorze gerações; de Davi à deportação para a Babilônia, catorze gerações; da deportação para a Babilônia ao Mestre, catorze gerações.

É uma simplificação. Só um esboço.

O esboço: mais de quarenta progenitores. Os números ordenam o que nós somos. Mais de quarenta progenitores. E nenhum nascimento. Quanto gerar e quão pouco dar à luz. Nenhuma mulher gerada. Elas são números, nenhuma. Nenhuma mulher merece ser registrada. O macho necessário.

Ah, mas todo aquele que gera é sobrecarregado por sua prole e pelo útero que a abriga. É assim, sempre foi assim. Todo aquele que gera ocupa, vigia, decide possuir. Ai do ventre cujo feto não pertence ao genitor. Até mesmo o útero pertence.

Eu não gero.

Do fruto daqueles que geram somente merece festa aquele que tem a capacidade de gerar novamente. O sêmen do sêmen gera sêmen e sêmen nasce. E nesse gerar e nascer bate a incapacidade de engravidar e dar à luz. Em casa, sabíamos muito sobre isso. As mulheres sentadas na cadeira de parto, alaridos, resfolegar, o golpe de sangue e as placentas, a alegria de um fruto macho.

Eu conheço as gerações.

Suas vozes lançam as gerações contra a nossa membrana.

Somos mulheres. Somos fêmeas. Origem de toda a linhagem.

Fonte.

Prove Abraão, prove Davi, prove Ezequiel, prove Jacó; demonstre que aquilo que eu pari é fruto do seu fruto. Ate-me, prenda uma couraça ao meu corpo de mulher fertilizada, cuide de cada centímetro do meu corpo e depois de nove luas se atreva a descartar qualquer dúvida sobre sua prole, sobre meu fruto, sobre meu ventre e sua paternidade.

Eu sou aquela que dá à luz o que é meu.

Meu e, portanto, de ninguém. Vida.

Implore, chore a meus pés e eu lhe concederei um sim. Mas você não será capaz, porque eu sou a que não gera. Portanto, escolhi e minha escolha causou dor. As escolhas de um causam dor nos outros. Devemos, por isso, deixar de escolher? Eu o nego. Eu decido ignorar o sofrimento que minhas escolhas causam. A crueldade é uma parte da existência tanto quanto as atenções, a dedicação.

Oh, sim, a linhagem de Davi, sua tribo, e o último da tribo, José, pai do Nazareno, homem que fecunda a criança virgem, Maria, a dedicada, Maria, a serva. Mas a tribo é a tribo e assim deve ser, assim é. Após a luta entre as tribos, os desaparecimentos e a diáspora.

Uma mulher certa vez perguntou ao Nazareno: "Mestre, quando cessará a violência dos homens?". "Quando você parar de gerar", ele respondeu. Eu não podia acreditar. Em casa, tínhamos chegado a uma conclusão semelhante. É disso que se trata. Em nosso caso, não exatamente como uma forma de luta, mas como uma forma de não participar. Você pode lutar contra algo de muitas maneiras. Não participar me parece a mais inteligente. Nós tínhamos decidido não gerar. Pensamos, então, que poderíamos correr riscos, mas o desprezo das autoridades morais era maior do que sua necessidade de punir. Talvez nem sequer entendessem. Primeiro eles nos olhavam de longe, como quem observa animais enjaulados. Não representávamos nenhuma ameaça enquanto eles se mantivessem firmes em seu papel de jaula. Não de carcereiros. De jaula. Então, simplesmente desaparecemos de sua vista.

Foi uma decisão totalmente consciente de minha parte. Ana e as doutoras também não geraram. Desprezadas como seres inférteis, elas desapareceram e aceitaram de bom grado seu desaparecimento. Portanto, nada. Se desaparecer, nada pode acontecer com você. Isso, precisamente isso, lhes permitiu ciência, escola e acesso aos corpos. Eu não escolhi essa condição, eu era isso. Nasci e cresci contemplando seu trabalho, a dor, as mortes no parto, as mães, as virgens explodidas, as filhas fecundadas em família, os talhos e os corpos gastos. Depois houve o desgosto e o ódio, especialmente o ódio. Nunca recusei, como elas fizeram, o contato com os homens ou o prazer do meu corpo penetrado, a pele lambida, a dança do suor. Como seria possível? O desejo me acompanhava, o mesmo desejo que me une a cadelas, cabras e feras.

Depois de tantos anos, aqui sentada, percebo que finalmente decidi dar frutos. Este é meu fruto. Do meu ventre, da minha experiência, do meu conhecimento. Um fruto contra nada e ninguém. Fruto do ódio? Poderia ser. Não do ódio real, o que já não é. Do ódio que durante tantos anos, todos os meus anos férteis, dediquei-me a nutrir, trabalhando como um macho, dando ordem a homens, gerando fortuna sobre fortuna. Gerar alimentos e riquezas poderia ser comparado à geração de vida? Minha existência foi menos frutífera do que a daquelas que deram filhos a esta terra? Eu não perco o sono por causa disso. Elas deixam uma memória da tribo encarnada em seus filhos; eu, escrita nestas páginas. Quem se atreve a decidir qual tem mais futuro?

12

A casa de Zebedeu era branca e brilhante. O pátio amplo se abria em moitas de arbustos com flores rosas e brancas; em um dos cantos, algumas aves se espalhavam e um par de cabras cochilava. A terra lá dentro, pisada, parecia mais leve, e se levantava poeira, esta tinha sido meticulosamente, amorosamente removida, como se remove a poeira nas casas onde não há nada a esconder.

À noite, uma tempestade sem luzes tinha caído e eu havia sonhado que as tinas se encheram de água, a segunda produção do verão estava estragada e, no fundo, quando as esvaziamos, em vez de restos de peixe encharcados e inúteis, rastejavam milhares de lombrigas, nauseantes e translúcidos vermes brancos.

Assim, ao amanhecer, parti para a casa de Zebedeu em Betsaida, a cerca de quatro horas de viagem de Magdala. Era manhãzinha, e aqui e ali as camas improvisadas dos que dormiam na rua ainda não tinham sido jogadas fora, encharcadas. A manhã, talvez por causa da recente tempestade, não tinha deixado nenhuma marca em nossas portas, e no ar lavado a umidade estava a moer sem culpa os ossos dos homens velhos. Com a passagem da minha montaria, um orate chamado Macabeu gritou um impropério inarticulado e cuspiu no chão. Como um animal selvagem diante da minha besta, o Gigante calou a boca dele com um leve gesto de mandíbula.

A manhã se desabria enquanto percorríamos o caminho de Magdala a Betsaida. Eram horas de tranquila viagem beirando o mar da Galileia até atravessar o rio Jordão.

Passamos por Cafarnaum; lá recusei pegar um barco e seguimos o caminho para o rio. Àquela hora, o comércio agitava a grande cidade, e as estradas para o porto não se lembravam mais da noite. Na saída, por cerca de trinta minutos, fomos acompanhados por uma procissão de mendigos. Alguns deles gritavam, e eu não saberia dizer se de júbilo ou de ódio. Uma mulher, mal coberta com restos de estopa, gritou que o gigante era um demônio e que ia infectar a terra. Nós não rimos. Nos últimos campos próximos à estrada, ficamos novamente sozinhos por um tempo. Imagino que tenham sido dissuadidos pelo aparecimento do deserto rochoso. Talvez, quem sabe, por nada. Quem sabe o que muda a opinião dos mendigos, dos doentes e dos delirantes. Talvez o tédio.

A massa de vermes ainda se agitava em minha cabeça, como um membro apodrecido. Eu tinha visto muitas vezes, e uma vez é muitas vezes, a forma como os vermes da morte começam a aparecer em corpos ainda vivos. Foi assim que senti o interior da minha cabeça ao sair de Cafarnaum e sua barafunda de ruas, montarias e carroças.

Após algumas horas na estrada, não estávamos mais viajando sozinhos pela rota do mar da Galileia, embora o mar seja um ímã que esvazia de almas o deserto. Fechei os olhos e aspirei a difusão de um sol novo entre aquela umidade ainda perfumada pelo cheiro da tempestade. Respirei com a ânsia de ressecar os vermes que se retorciam dentro de mim. Foi pela forma imperdoável que eu tinha tratado Zebedeu na tarde anterior. *É isso*, eu repetia, *é isso. A injustiça e a vileza, como a usura ou a crueldade, apodrecem as entranhas. Apodrecem as partes macias do corpo, eu sei. Vejo desde criança os ventres decadentes das mulheres devoradas pelo ódio e pela amargura que os homens derramam sobre elas.*

Eu estava a caminho para pedir desculpas a Zebedeu e sua família. E também para entender por que seus filhos e seus trabalhadores estavam abandonando a pesca, seu modo de vida, a fonte de alimento para suas famílias e também do meu negócio.

Chegamos a Betsaida com o sol alto e sob o abrigo de nosso silêncio côncavo. A casa de Zebedeu ficava junto ao porto, um pouco separada das casas menores, onde seus trabalhadores já estavam cochilando. O Gigante atraiu todos os olhares, mas o povo de Betsaida sabia de mim, me conhecia, sussurrava, e as mulheres cobriam o rosto enquanto eu passava. Em Magdala, a Torre dos Peixes costumava servir de bálsamo para meus problemas. Sem ela, ainda que de frente para o mesmo mar – o meu mar –, não me sentia em casa, mas uma estranha na periferia hostil de algum lugar que, no entanto, é familiar.

A casa de Zebedeu tinha o brilho conciso da sobriedade. Não da humildade, mas da austeridade. Salomé, sua esposa, estava descansando de algum esforço recente, sentada no fundo do pátio, no canto da casa. Ao lado dela, sua irmã, Maria, estava falando. Ela me pareceu flutuar. As duas levantaram os olhos quando entrei no pátio e me observaram com a serenidade de alguém que vê correr uma brisa sem importância. Tive a sensação de que estavam me esperando. Os vermes na minha cabeça, nas ânforas, começaram a crepitar com a secura e o pó.

— Zebedeu dorme — eu disse em uma saudação sem interrogações.

— Você deve estar cansada — respondeu Salomé, e foi para dentro de casa.

Sua irmã, Maria, olhou para mim com uma simpatia tépida que quase não perturbou a textura de seus pensamentos.

Logo Salomé voltou com algumas passas e um jarro de água. Mastiguei com fome e bebi em silêncio. Enquanto isso, ela se aproximou do Gigante e ofereceu a ele a mesma quantidade.

— Eu entendo a sua preocupação — disse ela. — Meu marido também. — Ela voltou a se sentar ao lado da irmã e nós três ficamos em silêncio por alguns minutos. Tínhamos algo em comum, algo que estava acontecendo, mas que ainda não havia sido declarado. Apenas compartilhávamos o nada. Eu conhecia Salomé, como poderia não conhecer a esposa de meu bom Zebedeu, a mãe de Tiago e João, os homens com quem eu tinha trabalhado durante anos. Havia sido apresentada à sua irmã Maria em um jantar de família alguns anos atrás, ou talvez no ano anterior. Hoje, aquele tempo se enrosca sem nenhuma ordem sob a casca do meu caracol.

— Estávamos esperando o Messias, Madalena — murmurou Salomé. Estávamos esperando por ele há muitos anos, há gerações.

O silêncio das horas que passamos juntas havia depositado em meu ânimo um abalo de respiração ligeira. É a única razão que agora consigo encontrar para explicar por que entendi e aceitei esses argumentos. Foi uma explicação? Salomé e Maria não admitiam, em sua serenidade, nenhuma dúvida.

O sol começou, então, a nos picar, ou eu comecei a sentir a picada do sol. Embora estivesse na sombra da entrada, longas gotas estavam afundando em meus seios desde a fronte. O fato de elas não estarem suando impôs-me um respeito incomum e, ao mesmo tempo, uma abordagem parecida com a de abelhas às suas flores.

— Que messias, Salomé? Quem é esse messias? — perguntei.

— Vamos para dentro — propôs ela, e enviou um moço para cuidar da minha montaria e abrigar o Gigante.

A sobriedade da casa me colocou em evidência – pouco importa, neste momento, que tipo de evidência –, e uma pressa para sair dali tensionou todo o meu corpo.

— Que messias, Salomé? O que um messias tem a ver conosco, com nossos acordos, com a pesca?

Ela olhou para a irmã com uma expressão ansiosa.

— É meu filho — Maria interveio sem nenhum gesto a acompanhar suas palavras, tão jovem que parecia impossível. Eu devia estar no início dos meus trinta anos e ela, como sua irmã, era pelo menos uma década mais velha. Minha cabeça travou ali. Não sei por quanto tempo ficamos em silêncio. Alguma coisa, alguma circunstância ou sua ausência, não tinha desgastado o olhar daquelas duas mulheres. Foi o que pensei. Ou talvez tenha sido uma transformação, é o que penso agora. Lembrar pode ser uma forma de mentir para mim mesma. Talvez não tivesse a ver com a falta do desgaste, mas com algo que o tivesse apagado de sua expressão.

— Você está feliz? — perguntei a Maria. Ela assentiu com a cabeça, sem ênfase. Talvez eu tenha visto uma sombra de dúvida, ou talvez eu a tenha imaginado agora, depois de tudo o que aconteceu.

— Vocês têm certeza? — perguntei, dessa vez às duas. Ambas sorriram. Eu não podia participar do que elas compartilhavam, e nós três estávamos cientes disso.

Salomé me ofereceu novamente a bandeja com passas. Alguém, uma garota, me trouxe um jarro de leite fresco.

— Meus filhos, João e Tiago, se juntaram a seu primo, o Messias — explicou ela como se isso nada tivesse a ver com a ruína deles, com a minha, como se não estivessem jogando fora tudo o que tínhamos e éramos. — Simão Pedro, nosso sócio, deixou os barcos e agora o segue também.

— Qual é o nome de seu filho? — perguntei a Maria.

— Jesus.

Uma vontade de gritar somou-se à necessidade de me livrar dessa brancura inocente e enjoativa, algo que parecia uma demonstração impertinente de virtude. Eu precisava gritar. *Ele abandonou os barcos.* Essa frase teceu uma teia na qual eu decidi não cair. Não continuar com isso, não falar, não me permitir entender. Virei-me sem me despedir, saí para o pátio, peguei minha montaria. O Gigante agarrou as rédeas, o olhar sem questionamentos.

E partimos de volta para Magdala.

13

O caminho de Betsaida a Magdala foi acumulando uma raiva feroz em meu ventre, minha garganta e meu peito. Assim que cheguei do outro lado do Jordão, antes de ver os limites de Cafarnaum, deixei brotar um alarido que estremeceu o Gigante e deixou meus olhos embaçados. Eu não gritei. Uma convulsão do meu corpo emitia o som não de algo que se rompe, mas da fusão de algo compactando.

— Idiotas! — rugi, e o Gigante apertou o passo. — Idiotas, idiotas, idiotas, idiotas! — Idiotas, meus pescadores, e idiotas também aquelas duas mulheres iluminadas, aquela exibição de pureza, de levitação.

Eu tinha cerca de vinte anos quando voltei de Roma para Magdala a fim de trabalhar da salga. Desde o assassinato de meu pai durante aquele festim carniceiro, eu não havia colocado os pés na Galileia nem, é claro, na Judeia. Também não voltei a comer carne, um hábito que ainda mantenho. As aves que agora alimentamos aqui são criadas para oferecer ovos a quem quer que os solicite, especialmente às meninas. Nunca os usei nem mesmo para meus cosméticos. Não era o melhor momento para vir à Galileia.

Então, o único modo que encontrei para me proteger e a meus entes queridos foi curvar-me ao que se esperava de mim, quer eu gostasse, quer não. Agora já não me dói tanto quanto na época, mas a sensação de terror permanece intacta. Desde Jerusalém preocupavam-se com meu retorno. Lucio me advertiu, Ana me advertiu, as doutoras me advertiram e, além disso, eu não era tonta. Precisaria ter sido uma insensata, a insensata que eles esperavam, para ignorar que não apenas meus bens, mas minha vida e a vida daqueles ao meu redor estavam em perigo.

Eles esperavam a chegada da filha do mercador assassinado, a herdeira, a grega, a romana, a jovem rica, caprichosa e decadente para ser apontada, vilipendiada e transformada no símbolo do indesejável. Eu era uma ameaça, e me lembravam disso toda vez que me perdia e me afastava do meu lugar. Nessas ocasiões, quando me ensimesmava e recuperava alguma sobriedade, era alertada, quebravam as tinas, queimavam os armazéns ou os barcos. Naqueles momentos, o pavor me paralisava. Então eu retomava os excessos, a embriaguez e os espetáculos. Se precisavam de uma estrangeira, uma infectada, uma gentia indecente, é o que eles teriam. Se precisavam de grandes festas com fogueiras ornadas de pecadores extraordinários, com músicos trazidos de Meroé e da Síria que os fizessem retorcer-se em danças até o amanhecer, é o que eles teriam. Em troca, permitiam que eu levasse uma vida sem grandes demonstrações de violência.

Minha chegada magoou as doutoras, que a princípio se apartaram de mim. Algum tempo depois, conversei longamente com Ana sobre isso. Não compreendiam quem era aquela mulher que retornava de Roma com ares altivos, adornada de ouro e pedras preciosas, estridente, empenhada em se mostrar em público sem recato. Levaram tempo para compreender. Algumas delas não esperaram e deixaram a casa, os atendimentos.

Resisti a toda solidão e a todo escárnio, fiz da frivolidade um estandarte. Contemplei a possibilidade da morte e do sangue, mas jamais, jamais me passou pela cabeça me render à idiotice.

14

AS RAINHAS, AS MULHERES, SUA ESTIRPE, O MAR, A MÚSICA... Tudo isso pode ser a razão do apego de meu pai a Meroé, terra africana das núbias. Ele teve que morrer para que eu soubesse da existência das Candaces, as soberanas negras, estirpe de guerreiras. Elas mandaram me buscar em Roma, em nome da rainha Amanitore.

Todos os assuntos da capital do Império, onde fui outra e me forjei, flutuam em algum lugar da minha cabeça sem se fixar. Não é que eu não consiga conservá-los – eu não quero fazê-lo. Precisaria de um escrito similar a este, mas não este. Minha intenção agora é outra. No entanto, devo ao menos nomeá-las. Não apenas porque tudo o que narrei e estou por narrar acaba nelas, mas também porque merecem esse tributo. Tudo acaba nelas.

Aconteceu durante uma celebração na casa de meus anfitriões romanos. Quais? Qual casa? A cada ano, meu pai fazia vir músicos de Meroé para nossa festa anual. Eram homens negros do Nilo, cujo aspecto nos fazia atarracados. Extraordinários. Com eles chegavam alguns eunucos, e assim reconheci, sem nenhuma dúvida, o homem que me interpelou em uma das muitas festas que formaram minha primeira juventude.

— És tu a de Magdala?

Beirando a embriaguez, respondi que sim, que era eu. Não me lembro de a pergunta ter me causado alguma surpresa.

Dois dias depois, parti para a Núbia, para o reino de Kush. Quem sabe tratava-se de um mútuo reconhecimento entre mulheres que governam. Sempre considerei que fosse isso. Entre meu pai e as Candaces havia um respeito não isento de cumplicidade. Não esqueço: "Tivemos uma rainha". Ele me alimentou com sua tenaz insistência de que descendíamos da dinastia dos asmoneus, que Salomé Alexandra não apenas foi a última rainha da dinastia, mas também a última pessoa a ocupar um trono judeu independente. E a única mulher que reinou. "Nós viemos de uma rainha, minha princesa", posso ouvir agora. Também permanece entre os jubilosos momentos de minha infância a alegria provocada pelo surgimento dos músicos negros e dos eunucos de Meroé dias antes de nossa festa anual, a proximidade com nossa família, a amizade deles com meu pai. A rainha Amanitore me recebeu como uma igual.

Entendi, então, a diferença entre acolher e amparar, entre acolher e apadrinhar. Amanitore me levou até ela – ao lado de quem permaneci muitos dias – para fazer-me entender que ela não era uma anfitriã, mas que, depois do assassinato de meu pai, eu teria ali um lugar que me socorreria. A qualquer tempo. Por qualquer motivo.

15

Às vezes, gostaria de estar só, deitar-me nua sobre o mármore enroscada em mim mesma – se assim minhas juntas permitissem – e deixar o tempo desaparecer, comprimir-se ou se expandir. Levantar-me e já ter escurecido. Ou, ao contrário, esticar meu grande esqueleto e descobrir que somente um minuto havia transcorrido.

Levo anos assim. O que é isso? Não tenho resposta. Poderia dizer que se trata de uma forma de existência, uma forma de habitar esta terra e, portanto, de habitar minha vida, meu corpo. Não me ofereço. Não é isso. Não há em mim uma tendência ao sacrifício. Mas há, ainda que eu não esteja segura, uma forma de responsabilidade, um compromisso. Mas também poderia ser vingança ou, muito a contragosto, soberba.

Lembro-me de todas e de cada uma das vezes em que fui traída. É muito longeva a minha vida, e, apesar disso, lembro-me de todas. Não acredito em pecado, na ideia de pecar, mas isso deve ser algo semelhante ao que chamam de corrupção. Aquela menina a quem acolhi, limpei, instruí e amei com uma dedicação sem reservas. Aquele homem às portas da tortura por quem arrisquei minha vida; não minha existência, mas o modo e os meios de vida, meus e dos meus. E tantos e tantas outras, não importa quantos. Todos e todas que depois precisaram me ferir para voltar a ser e voltar a viver. Ferir-me como uma forma de recuperação definitiva. Ferir-me, não sei ao certo, para esquecer aquele lugar de onde saíram, onde estendi a mão à qual eles se agarraram para que eu os puxasse. Estender a mão, não escondo de mim, também era uma forma de salvar a mim mesma.

Lembro-me de todos. Observar essas lembranças, observá-las e julgar-me por tal ato, aproxima-me daqueles que julgam os comportamentos e os pensamentos alheios para depois infligir um castigo. Não tenho castigos a infligir, a não ser a mim mesma, e aí reside a minha fraqueza. Quebrar meus princípios me aproxima dos infames.

A agitação da casa chega-me de fora. Duas meninas se aproximaram da porta e pronunciaram meu nome com suavidade. O "Madalena" trazia uma carícia em cada sílaba, e era só isso. Não me chamaram nem eu respondi. Entendo que não deve haver resposta quando não se trata de alguém chamando, mas sim de uma leve forma de cuidado. Algo como "Aqui estamos. Está tudo bem. Só para que saiba que aqui estamos". Tento não voltar ao "até quando", não me perguntar até quando. Algumas vezes, ouvi também os passos do Gigante. Não pronunciou meu nome, claro, nem emitiu qualquer som porque sabe que não é necessário; com certeza, até prendeu a respiração. Sua presença, sua proximidade, são irremediavelmente evidentes. Ele não me solicita. Ele solicita a si mesmo através de mim.

Agora, já nua, vou me deitar sobre o mármore frio de meu aposento e encolherei o corpo com a ilusão de ocupar o ventre daquela a quem não conheci. A ilusão de uma mãe que não tive nem fui. Somente filhas. Assim passarei um tempo indefinido a fim de esquecer toda ofensa, toda memória própria dos indesejáveis.

16

Não me lembro de como fiquei sabendo da festa organizada em Cafarnaum por Levi de Alfeu, o publicano, cobrador de impostos, o esbirro de Roma, o maldito. À sua passagem, desviavam o olhar e alguns escarravam. Decerto ele mesmo me convidou para a sua casa em alguma de suas visitas habituais.

O mundo havia começado a girar, a ameaça de um furacão. Desde que cheguei de Betsaida, bastou mencionar o suposto Messias. Todo mundo tinha ouvido sobre ele, sabia dele, afirmava tê-lo visto. Falar dele já se havia convertido, sem que eu percebesse, em uma forma de pertencer a algo. É claro que nem todos os que afirmavam tê-lo visto diziam a verdade, provavelmente nenhum deles, mas o simples fato de fingirem dava uma ideia da popularidade alcançada pelo personagem. O Messias, o mestre, o enviado... O filho de Maria. Maria, irmã de Salomé. Salomé, esposa de Zebedeu, meu Zebedeu, de quem dependia tudo o que eu era.

Os pescadores, os rapazes dos armazéns, inclusive as crianças, falavam do novo profeta, aquele que sucedia ao Batista, mas os mais dados à fantasia falavam do messias que o povo judeu esperava. Tudo aquilo me irritava. Tudo. Exasperava-me que aparecesse um novo profeta, que as pessoas avivassem suas crenças com a suposta chegada do "Eleito". Quanto mais crescesse sua popularidade, pior funcionaria meu negócio, mais cresceria a violência contra mim. Era o que eu pensava, que a exaltação das pessoas voltaria a me colocar em perigo. Era medo. Voltei a ter medo. Não se tratava só de um medo de cunho econômico; vinha da inquietante sensação de mudança que se propagava, emanava das águas, dos barcos, dos peixes, das palavras amorfas dos fanáticos. Em pouquíssimo tempo as pessoas mais humildes, que eram todas as pessoas daquela época, como nesta, como em qualquer outra, haviam encontrado uma razão para mudar. Mudar sua forma de viver, que é o que se segue à troca da rotina por alegria, pela felicidade buliçosa provocada pela própria mudança. Quem nada tem além de impostos e um futuro de parir ou labutar, nada perde construindo uma esperança. Eu temia o fanatismo próprio dos fariseus, dos escribas, do Templo, e sobretudo dos zelotes, cuja violência impregnara-se nas ruas e estradas, que, casa por casa, convertera a Galileia em uma nova Jerusalém.

Além disso, a deserção dos pescadores havia me deixado sem forças. Minha disposição para manter o personagem estava acabando. Essa transformação que eu pressentia colocava diante de mim um espelho: "Quem é você?", eu me perguntava, e me lembrava de meu pai, seu rigor, sua forma de se permitir um excesso por ano, aquele em que lhe deceparam a cabeça.

Quem você é?

Decerto eu trabalhava com o mesmo afinco que ele, inclusive mais, porém, depois de anos em que eu não havia enfrentado a mim mesma, ao longo dos quais, obstinada, havia me fundido com aquela que demonstrava ser, eu me sentia cansada. Era asco. Sem ter fé, sem respeitar os ritos dos crentes nem os gestos de suas mulheres, a necessidade de voltar ao silêncio, à paz da casa, às doutoras, arrastava-me como um boi de carga.

Assim me encontrava na manhã em que voltei a subir em minha montaria, voltei a chamar o Gigante e nos pusemos em marcha até Cafarnaum, à casa de Levi, filho de Alfeu, a quem agora, depois de anos, se conhece como Mateus, e cujo ofício me vai chegando em imagens de outrora que me desagradam e me envergonham. Ele foi meu amigo naqueles tempos, meu irmão.

Ao contrário do que se sucedeu durante minha recente viagem a Betsaida, naquela ocasião eu não me lembrava de sonho algum. Havia passado cerca de um mês e o outono recém-chegado ventilava levemente nosso silêncio com um murmúrio sem folhas. Sabe-se que o silêncio tinge de ocre a disposição, a cor da melancolia, e faz voar os restolhos. Assim era eu naquela manhã, ocre e restolhos de outono. A melancolia não é boa para o juízo. Loucos e enfermos nos acompanharam durante as horas que dura a viagem de Magdala a Cafarnaum, mas não só eles. Um comboio de homens, mulheres e crianças percorria o caminho animados por cânticos. Perguntei sobre isso a uma mulher que carregava sua criança.

— O Messias está em Cafarnaum — respondeu-me com os olhos acesos.

Senti uma vertigem e de novo a sensação de mudança, de ruptura do que conhecia, de algo ameaçador que tolheu aquela melancolia e quebrou o resto de paz que ainda havia. No restante da viagem, a dúvida sobre fazer meia-volta e regressar para casa me manteve alerta.

Não me lembro de onde partiu o convite para ir à casa de Levi de Alfeu, mas sim de que ali encontraria o Nazareno, o filho de Maria a quem chamavam de Messias. Provavelmente, estariam com ele João e Tiago, seus primos, filhos de Zebedeu. Também

Simão Pedro, que fora sócio de Zebedeu e trabalhara para mim nos últimos anos, muito a contragosto, e o irmão dele, André. A possibilidade de encontrá-los reforçava a ideia de dar meia-volta – isso e as pessoas que marchavam pelo caminho conosco. A alegria deles, sua nova esperança e seu anseio me incomodavam. O que eu diria aos pescadores? O que eles diriam a mim? Temia um encontro hostil. Minhas forças esmoreciam, mais ainda que minha confiança em mim mesma. Agora, penso que ia só por curiosidade à festa do cobrador de impostos. Sentia o resto de raiva contra os pescadores que haviam feito troça do equilíbrio das minhas economias, e com isso de minha própria estabilidade, mas estava também buscando, de uma forma difusa, o pretexto para não começar tudo de novo. O que a princípio foi uma surpresa, e logo fúria contra eles, estava se convertendo em uma tentação de abandono. Carregava em meu lombo três vidas, não me restava mais família que Ana, as doutoras e o Gigante, e minha fortuna dava de sobra para que todos levássemos uma vida muito boa até o fim de nossos dias. Quem diria, então, que em tão pouco tempo tudo aquilo pareceria irreal.

À esquerda do caminho, os frutos começavam a amadurecer nas oliveiras. Algumas pessoas, chegadas sabe-se lá de onde, descansavam à sua sombra, e as crianças trepavam em seus galhos. À direita, amparava-me o mar da Galileia, já vazio de embarcações. À nossa frente, uma turba humilde, imóvel e compacta fechava a entrada para Cafarnaum. Ao alto, o sol esquentava com um ânimo de castigo insatisfeito. Apeei e seguimos a pé, abrindo caminho entre a multidão à força da presença do Gigante.

Levi celebrava uma mudança de vida radical. Havia decidido cortar todos os laços com Roma, abandonar sua atividade arrecadatória e unir-se aos seguidores do Nazareno, algo que, naquele momento, me parecia absolutamente incompreensível.

17

Estava bonita. Lembro-me de que estava muito bonita. Levi de Alfeu, além de cobrador de impostos e rico, era um homem aprumado e, à sua maneira, culto, de boa conversa. Creio que, em algum momento, me senti atraída por ele por causa da higiene. Nem antes nem agora é comum a higiene ou a conservação, desde muito cedo, de todos os dentes da boca. Levi havia tentado ter uma relação mais íntima comigo. Não me lembro se faltou entusiasmo, se faltou insistência ou se não quis me molestar. Pouco tempo depois de meu retorno de Roma à Galileia ele me visitava periodicamente, a princípio para verificar minhas contas com o Império, e mais tarde apenas para conversar. Era mais novo do que eu, somente um jovem crescido na primeira vez em que notei sua intenção. Se eu tivesse previsto a possibilidade de aquilo acabar em um encontro físico, teria concedido, mas entendi que sua juventude e inexperiência poderiam levá-lo a cobiçar meu teto, a empenhar-se em permanecer por ali. Nunca rechacei, como as outras, o trato com varões, mas foram raras as ocasiões em que me senti atraída por algum deles.

Agora os apóstolos de sua mensagem, que não são apóstolos de sua mensagem, mas construtores de algo que os beneficie, se empenham em retratar o Nazareno como um homem taciturno, ensimesmado e de uma serenidade irritante. Imagino ser isso que as pessoas esperam de um mestre, mais ainda do filho de Deus, e no fim é isso que se negocia, essa ideia de que todos recuperaremos um lugar em um paraíso onde Deus está esperando e ali passaremos o tempo, não sei que tempo. Leio os escritos daqueles homens e seus seguidores, as cartas de Paulo de Tarso correm de boca em boca. A crucificação exige, além disso, um duelo que não admite distrações. Mas era um homem alegre, desfrutava das conversas, da música, da dança, dos encontros festivos.

O Nazareno gargalhava quando o vi pela primeira vez. Levi parecia ter convidado toda a Cafarnaum, tal era a alegria de sua conversão. A residência, como as dos romanos, destacava-se do restante das casas, moradas modestas com um pátio normal, um exterior normal, uma vida normal. No jardim de entrada, àquela hora, com o sol ainda no ponto mais alto, as tochas já estavam preparadas para a noite. Os cordeiros estavam assando sobre as brasas e o vinho corria, música soava. Em um canto do pátio, à sombra de várias palmeiras, um grupo de homens conversava no chão, reclinados sobre esteiras. Concordavam e escutavam o Nazareno. Soube que era ele pela forma com que atraía a atenção de todos, incluindo daqueles que permaneciam distantes, como as mulheres, que fingiam não ter curiosidade.

Também soube que era ele porque reconheci meus pescadores. Simão Pedro e seu irmão, André, descansavam junto a ele. Um pouco apartados, João e Tiago, filhos de Zebedeu, conversavam com outros homens. Apesar da algazarra, minha presença no pátio não passou despercebida. O Gigante caminhava ao meu lado. Antes que eu alcançasse a entrada da casa, Levi veio ao meu encontro. Tiago de Zebedeu também se levantou, e os homens do grupo debaixo das palmeiras viraram para mim seus olhares como um só animal. Eu estava acostumada a atrair olhares, murmúrios, a atenção daqueles que me viam passar. O Nazareno também levantou a vista e me olhou. Não o fez com um gesto especial, nada a que eu possa, agora, atribuir significados ocultos. Assim fez porque, por um momento, muita gente me olhava. Vi como Simão Pedro lhe dizia algo ao ouvido, e então, aí sim, ele me olhou com curiosidade.

Pareceu-me um homem normal. Pobremente vestido, com a cabeça descoberta, o cabelo e a barba por aparar. Não tive a sensação de que se tratava de um homem sujo, mas de um homem pobre. Os convidados haviam se preparado para a festa. As mulheres luziam de sofisticação, cada uma na medida de suas possibilidades, enfeites e miçangas. Haviam formado um grupo debaixo de três grandes oliveiras. Levi adorava suas oliveiras. Eram árvores imponentes como animais da África. Ele selecionara as maiores e as mandara trazer dos campos do interior. Davam ao pátio uma presença antiga e solene. As mulheres se resguardavam ali como sob o amparo da senilidade. O Nazareno e meus pescadores, que já não eram mais meus pescadores, chamavam a atenção pelo descuido de sua indumentária. Em outras circunstâncias, aquilo pareceria certa indelicadeza, mas os seus modos, sua maneira de se impor, conseguia tingir de impostura tecidos, enfeites e ornamentos.

— De que tem medo? — A voz do Nazareno me assustou. De pé, às minhas costas, havia se aproximado sem que eu percebesse. Não me pareceu insolência.

— Não tenho medo — respondi. Não havia formalismo em seu modo de se aproximar nem em minha resposta. Mas sim um reconhecimento mútuo.

— Meus primos creem que você tem algo contra eles — prosseguiu. Era uma desculpa, claro, mas não só isso.

— Tenho contra eles o fato de terem abandonado a pesca e os homens estarem seguindo seu exemplo. Eu vivo do que eles pescam.

— Há muito a fazer — contestou. — Compreendo sua ira. Eles agora escolheram outro tipo de vida. Para mudar as coisas. Como estão, as coisas tampouco a beneficiam.

— Como estavam — pontuei, aborrecida. — Já não sei como estão.

— Por isso tem medo? Não acredito.

— Não tenho medo. O que haveria de temer?

— Todos podemos notar que a forma como as coisas funcionam é dolorosa e injusta.

— Não precisa se esforçar. — Comecei a me cansar da conversa. — A política me enfastia. Só trouxe à minha vida violência e dor.

— Não falo de política.

Pensei que era de política que ele falava. Não parecia mais jovem que eu. A diferença estava no olhar. O meu acusava cansaço. Era cansaço. O que aquele homem não tinha. Tudo nele recendia a essa forma de não sofrer que dá brilho ao olhar. Perguntei-me se, por acaso, nunca havia sofrido. Os homens que não sofreram não merecem meu interesse.

— Estou cansada. — Ele entendeu que eu não me referia à viagem.

— Não tenha medo — e já ia embora —, não receberá de mim mal algum. Pelo contrário.

18

Três dias depois da festa, Levi apareceu em minha casa. Era uma manhã cruel. Ao amanhecer, o Gigante havia entrado com uma criança nos braços. Agonizava, e morreu apenas uma hora depois. Quando isso acontecia, as doutoras choravam. Nada, nenhum dos tormentos que haviam presenciado, que haviam reparado, endurecera seus corações. Em casa se chorava cada morte.

Levi estava a par do trabalho das doutoras.

— Isso pode acabar, Madalena — disse como sempre me saudava, olhando-me nos olhos. — Isso deve acabar.

A festa na casa dele havia enfurecido igualmente fariseus e romanos. Os judeus não conseguiam entender que aquele que já lotava sinagogas e a quem o povo considerava o Messias comera na casa não só de um gentio, mas de um cobrador de impostos. A tensão política na região passava dos zelotes e outros grupos organizados ao povo mais humilde, cujo único empenho até então havia consistido em ganhar o pão. Os sacerdotes, os fariseus e seus escribas não permitiam nem permitem falta de respeito entre seu povo, maus exemplos, e o Nazareno havia se convertido, de pouco em pouco, em um problema sério. Por sua vez, o fato de Levi ter abandonado sua função arrecadatória e ter se unido à causa dele, ter convertido esse gesto em motivo de grande celebração pública, havia agitado os romanos, sempre atentos a qualquer possibilidade de levante em nossas terras, temendo o que poderia acontecer na região e reprimindo com crueldade cada vez maior.

Surpreendeu-me, portanto, o otimismo de Levi.

— Por que fez isso? — perguntei.

— Estou farto. Sabe bem do que falo. Já falamos sobre isso. Eu a conheço. — Tomou-me pelo braço e conduziu-me até os degraus que davam acesso a casa, o lugar das conversas. — Se a alternativa à violência dos romanos é a violência dos zelotes, nem você nem eu teremos paz.

— Paz. — A palavra parecia uma pequena pedra branca.

— Paz...

— Sim, Madalena, paz. Nem sequer nos permitimos pensar nessa possibilidade. Ficamos acostumados ao castigo, às escarradas na rua, aos dedos apontados, ao escárnio.

— A isso não se acostuma nunca. — Enquanto eu respondia, admitia que sim, que a isso se acostuma.

— Não está cansada? — Não me surpreendeu que ele usasse a mesma expressão que eu havia utilizado em minha conversa com o Nazareno. Minha exaustão era evidente.

— Você se aproveita da fuga dos meus pescadores. Sabe que rapidamente minha situação poderia ficar difícil, muito difícil.

— Atreve-se a voltar aos negócios?

— Eu me atrevo a tudo. — A pergunta havia me irritado e respondi com um desafio antigo e desgastado. — A tudo.

— É disso que se trata. Por que nadar contra a corrente quando pode se arriscar em novos empreendimentos? — Pensei que iria me propor um negócio. Ele acabara de abandonar seu trabalho e tinha dinheiro. Eu perdera meus pescadores e tinha dinheiro. Acima de tudo, ficava cada vez mais claro que a agitação política, acelerada pela aparição de um novo profeta, não iria ajudar a recuperar o meu comércio.

— A que empreendimento está se referindo? — perguntei.

— Já escutou as ideias do Nazareno?

— Não — respondi, e era verdade. Havia me fechado a dar qualquer atenção às suas pregações. Não tinha interesse pelos dogmas judaicos, as sinagogas não me interessavam e muito menos os movimentos políticos que anunciavam uma suposta libertação. Bem sabíamos que isso só atraía a morte. Ademais, libertação de quem?

— Diga-me, quantos fariseus ou sacerdotes, quantos líderes de Jerusalém você viu compartilhando vinho e pão com um gentio?

— Não me preocupo com esses assuntos. — Havia desprezo em minha voz. — Aqui não temos tempo para as coisas de homens.

Levi era preparado, estava acostumado a sobreviver em Cafarnaum arrecadando impostos para Roma, marcado pelos fanáticos de Jerusalém.

— Vou contar o que me trouxe aqui hoje. — Com a mão, pediu paciência. — Ontem barraram o caminho a uma mulher que queria se aproximar. Era uma prostituta. Simão Pedro a jogou no chão com um empurrão. O Nazareno o enfrentou, fez a mulher se sentar ao seu lado e continuou pregando.

— Que tenho eu a ver com isso?

— Todos o seguem. Creem nele. Faça o que fizer, diga o que disser, as pessoas creem nele.

— Vão matá-lo — afirmei, convencida. — Um dia, em uma estrada, ou lá onde ele descansa, chegarão os enviados de Jerusalém e de um golpe separarão sua cabeça do corpo. E ele terá sorte se antes não lhe arrancarem a língua.

— Não acredito nisso, amiga. Os zelotes têm visto nele o líder que finalmente pode encabeçar a libertação do povo judeu. Maria, mãe dele, é da tribo de Levi. — Lembrei-me do meu encontro com Salomé de Zebedeu e Maria. — Aqueles que o seguem confiam cegamente nele, e a cada dia se multiplicam. Ao local onde ele fica acorrem não centenas, mas milhares de homens e mulheres chegados de povoados longínquos, e não só da Galileia.

— Mais uma razão para eu me manter afastada. Essa gente arrasta sangue e atrai a morte.

— Isso pode mudar.

— Tinha razão, querido Levi, estou cansada.

— Hoje vi morrer em sua casa uma criança cujos seios mal tinham amadurecido. Não é suficiente?

— É disso que se trata. É suficiente.

— Não é razão suficiente — insistiu — para que você se decida a fazer algo mais do que sustentar as que curam os corpos que foram feridos?

— Parece pouco? — respondi furiosa. — Parece pouco os anos que passamos curando aquilo que vocês destroçam? — A escolha desse "vocês" não foi inocente, mas Levi havia aprendido a não acusar mais as minhas pancadas.

— Não sou alheio à dor das mulheres. Não conseguirá me ferir com isso. Quantos homens se aproximam, como sempre faço, para conversar contigo, para conversar com uma mulher?

— Não preciso deles, Levi, não precisamos deles. — Suspirei e me senti exausta. — Bastaria que deixassem de torturá-las, de nos torturar.

— Mas nenhum judeu sentaria em público com uma mulher ao lado para orar, para ensinar. — Ele não dava o braço a torcer. — Muito menos com uma prostituta!

— Levi, estou cansada. Dou-lhe razão. Diga-me que negócio vem me propor ou permita que eu me retire. Precisarão de mim aqui amanhã.

— As doutoras, os ensinamentos delas, não são muito diferentes do que prega o Nazareno.

— Amigo, o Nazareno é um homem, é judeu e é um dos profetas da Igreja. Isso deveria bastar, mas, além disso, é o homem escolhido pelos zelotes, pelos zelotes!, para liderar a libertação. — Fiquei possessa. A esperança que iluminava Levi era irritante, ofensiva.

— Acredita que não tenho o direito de me dirigir a você; que, sendo um homem, está vedado a mim compreender o sofrimento das mulheres. Que seja. Concedo isso a você como você me concede seu tempo. Pense, então, que seu ódio contra as leis de Jerusalém não é maior que o meu.

— Diga-me, Levi, acredita em vingança?

— Creio na possibilidade de destruí-los.

— Acredita em vingança? — insisti. — A vingança o move?

— O que me trouxe aqui foi um pensamento que não me havia atrevido a ter, da mesma forma que você não ousa tê-lo. Creio na possibilidade de viver em paz. Ou, ao menos, sem ameaças.

— Refere-se ao medo?

— Madalena, refiro-me aos campos, ao mar, à alegria, a amar. — Pensei que era idiota, que meu amigo havia se convertido em um idiota. — Depois de ouvir o Nazareno ontem, nas cercanias de Cafarnaum, ao lado daquela mulher, pensei pela primeira vez na vida que era possível. — Colocou as mãos sobre meus ombros. — Por que não? Quem nos impede? Quem ou o que nos impediu de pensar, de viver assim? Eu sei. E você melhor do que ninguém também sabe.

— O que está propondo? — Peguei seu braço e fui até a rua, pressionando-o com obstinada suavidade.

— Ele, como aqueles que o seguem, optaram pela pobreza. — Ele notou desinteresse na minha expressão. — Assim não chegará a Jerusalém, não chegará sequer a incomodar os poderes religiosos e políticos. Não passará de ser outro profeta, mais um. Eu tenho dinheiro e você também. Nossa riqueza, tão desprezível para os sacerdotes, bem pode ser útil contra eles. — Parei e observei seus olhos, para ver se falava a sério. — Não me responda agora. Venha me ver quando se decidir.

À porta, cruzou com Ana e uma jovem mulher que trazia uma mortalha.

19

Herodes é o maior imbecil com quem já cruzei em minha vida, uma besta estúpida coroada com o poder de decidir sobre a vida e a morte das pessoas. Herodes Antipas, governador da Galileia, filho de Herodes, o Grande, o assassino de crianças, maldita seja sua estirpe.

O tempo me ensinou que ninguém chega longe assim sem maldade, que quem está na elite do poder, de qualquer poder, ergue-se sobre mortos e conspirações sangrentas. No entanto, não é o caso de Herodes; ele simplesmente não tinha capacidade. O mal requer ao menos uma pitada de inteligência, e ele era um pedaço de carne. Seu papel, no fim das contas, não fez senão evidenciar que crueldade e sanha podem ser uma forma de divertimento para porcos. Mas até a crueldade precisa de uma mínima base de talento.

Quando ele mandou me chamar, faltava pouco para seu desterro. Fracassava em suas conspirações para que Roma lhe outorgasse o comando da Judeia, e já havia ordenado decapitar o profeta João Batista, aquele que anunciava a chegada do Rei dos judeus.

— Quem é esse a quem chamam de Rei dos judeus? — berrou desde o fundo do grande salão. Sua voz parecia a ponto de naufragar em alguma inconsciência embaçada.

— Eu o saúdo, Herodes — respondi à medida que avançava, sem levantar a voz. A embriaguez era tão evidente quanto o habitual. Tudo nele me repugnava: seu rosto inchado, avermelhado, seu ventre como uma grande verruga flácida, suas mãos infantis com o indicador gorducho sempre apontando algo, seus beiços com um brilho de saliva escura. Eu não escondia o asco que me causava, o que a ele pouco importava.

— Fale, mulher. — Seguia gritando com o dedinho branco em riste, como se eu já não estivesse diante de seu corpo bovino.

— Quem é o Rei dos judeus?

— Não sei a quem se refere, Herodes — respondi. — Tu és o rei da Galileia, filho de Herodes, o Grande, rei dos judeus.

Ele deixou escapar um arroto e sorriu como fariam as bestas se as bestas sorrissem.

— Não lhe convém me enfrentar, Maria Madalena. Sem jogos comigo. — Percebi que ele tinha medo. Não era um jogo. Não estava apenas preocupado. Era medo que escorria de seu focinho gotejante.

— Se está se referindo ao Messias — usei de propósito a palavra e repeti —, o Messias que prega junto ao mar, não o conheço, nada sei sobre ele.

— Mentira! — Seu medo virou cólera. — Mentira, e quem mente para mim paga caro, mulher. Esteve na festa do publicano.

— Havia muita gente lá, Herodes. — Tinha vontade de bater nele. — Seguem-no muitíssima gente, milhares de homens e mulheres o seguem. Como iria eu me aproximar dele?

— Como ele ousa se intitular Rei dos judeus? — Tentou, sem êxito, que seu rosto parecesse ameaçador. — Por acaso não teme morrer?

— Nisso acredito — respondi. — Acredito que não, não teme morrer.

Com um novo gesto do dedinho, ordenou a um de seus escravos que me servisse vinho. Recebi a taça, excessiva e desnecessária como tudo ao redor daquele miserável, e a sustentei na mão porque recusá-la alongaria nossa conversa com uma nova ofensa.

— Por que não teme a morte? Por acaso é um ressuscitado? Um profeta ressuscitado?

Entendi, então, que Herodes temia que o Nazareno não fosse o Nazareno, mas João Batista renascido.

— Não se preocupe, Herodes. — Minhas palavras exsudavam deboche. — O Messias mantém a cabeça sobre os ombros. — Dei meia-volta e ele lançou sua ameaça sobre mim.

— Ingrata! — gritou. — Deve tudo a Roma. A mim! A mim deve tudo que tem. Deve a vida a mim! — Sua voz se quebrantava de raiva. — Tenha cuidado! Tenha muito cuidado.

Aquela foi a última vez que vi Herodes Antipas até que, três anos depois, tive que voltar a contemplar sua extrema crueldade de cretino, e suplicar a ele. Sim, supliquei diante do corpo devastado do Nazareno, e voltaria a fazê-lo.

No dia seguinte, não havia ainda despontado o sol quando parti para Cafarnaum, à casa de Levi de Alfeu.

20

O QUE É UM PROFETA? POR QUE NINGUÉM, MUITO MENOS aqueles que se presumem pensadores, se pergunta o que é um profeta? Um profeta é um homem. Não se trata de força ou violência, mas de tempo. O tempo é riqueza, nasce da riqueza. Um profeta é um ser humano que tem tempo. A mesma razão pela qual posso me permitir sentar-me a escrever estas linhas, quem sabe destinadas a nada. Permito-me não só por ser velha, não só por ser rica, mas pelo fato de não ter engravidado, ou seja, não ter parido. Aquilo que vi, que vivi, como isto que vivo, foi possível por essa razão. Parece simples construir. É simples destruir.

Os profetas são profetas pela mesma razão que os sacerdotes são sacerdotes, os homens santos são homens santos ou os juízes, juízes. Levou tempo, passaram-se algumas décadas para eu entender do que se trata. É uma questão de tempo! De tão evidente, tão simples, acaba sendo inacreditável.

Daí vem meu desprezo a Ezequiel, profeta do óbvio. Foi Ezequiel quem condenou a possibilidade de haver profetisas. Idiota. Recomendação inútil. Que mulher teria tempo entre parto e amamentação para tecer elucubrações; elucubrações que, para piorar, não implicam alimento algum para a prole.

As crianças não comem palavras. A luz dos iluminados não alimenta. Ezequiel, inútil!

Mas a cabeça do profeta João, do profeta Batista, do profeta que fez de sua severíssima austeridade algo exemplar quando, na realidade, era um privilégio, não acabou como castigo nem como prêmio na bandeja da pequena Salomé, enteada do repugnante Herodes, filha de Herodias. Aquilo simplesmente foi uma festa, e bem brutal. Da mesma maneira que um coração cheio de raiva justifica o assassinato, a ebriedade animal de uma orgia justifica uma cabeça; converter uma cabeça separada de seu corpo em uma oferenda graciosa, com a imunidade concedida pelo esquecimento enevoado que sobrevém aos excessos daqueles que podem permitir-se tamanhos excessos. Efetivamente, privilégios. Como os profetas e os sacerdotes, como aqueles que ostentam o poder, os reis e suas famílias e os que formam a base que os sustenta, como os santos varões, simplesmente têm tempo.

A diferença é que, enquanto alguns precisam desculpar-se fingindo austeridade e sacrifícios, outros gozam de orgias nas quais está embutida a possibilidade de cortar a cabeça de profetas, dos austeros. Ah, e rapidamente inventar a descabelada ideia de que foi coisa da pequena Salomé. E mais. Inventar que a criança atuava por indicação de Herodias, sua mãe. Que necessidade tem a hiena de que sua fêmea lhe ordene ser hiena?

Quando seu pai, o selvagem, carrasco e apodrecido Herodes, o Grande, ordenou a matança dos inocentes, o filho participou sem hesitar. Como aquele filho precisaria do desejo de alguém para decapitar um desgraçado? Ah, mas as línguas secretam, gotejam veneno. Por que, diga-me, pediu-lhe a pequena Salomé? Por que pode a menina demandar a seu pai tal barbárie? "O pai não queria", adulam os bastardos. "O pai não queria", zurram os mexeriqueiros. O pai não queria, mas a pequena malvada, à imagem e semelhança de sua malvada mãe, ou quem sabe se obedecendo suas ordens, exigiu de seu pai, o bárbaro Herodes Antipas, o incapaz, aquele que nem sequer chegou a esconder a origem do sangue de milhares, que decapitasse João Batista. Para quê? Sobretudo, com que autoridade poderia uma menina exigir tal coisa de seu pai, nada menos que o rei dos judeus? Porque havia dançado bem, enaltecem os ébrios, dão explicações, criam lendas, excitados pela ideia da pequena Salomé dançando para seu pai, diante de seu pai... em cima de seu pai, murmuram com o movimento da virilha.

Em contrapartida, se refletirmos, conhecendo como conheço as orgias daqueles cujo tempo é o excesso, alguém pode, deve decapitar um santo depois de permitir que sua filha baile sobre si, que a pequena dance sobre o pai. Que outra atitude lhe sobraria? Os atos sucedem-se, imundície sobre imundície.

Herodes Antipas era o rei dos judeus, como seu pai, Herodes, o Grande, havia sido o rei dos judeus. Aí está o problema desde sempre. O filho decapitou o profeta porque ele anunciava a chegada do Rei dos judeus. O pai assassinara milhares de crianças e abrira milhares de ventres porque lhe anunciaram que o Rei havia nascido.

O que significa decapitar um homem santo quando seu pai, e você, como ele, comanda e ordena regar a terra com o sangue dos inocentes, estabelece patrulhas de assassinato e mecanismos de delação? Mas o sangue e sua lembrança, que deveriam permanecer por gerações na memória das pessoas que pisam esta terra, foram esquecidos pelo sangue de uma nova matança, e depois de outra e de outra e de outra. O horror congela a tinta que estou usando e congela também as lulas e a espuma do mar que nos banha até afiá-la em lâminas de dor.

Quem escolhe a morte podendo optar pela vida, quem decide matar, e até morrer, merece ser maldito. Além de ser idiota.

21

Soube por Levi do enfrentamento contra os fariseus chegados de Jerusalém. As intervenções do Nazareno em sinagogas, onde seus pensamentos escandalizavam os devotos, aconteciam cada vez menos, enquanto aumentavam os ensinamentos a céu aberto, nos arredores de povoados e cidades ou às margens do mar. As duas coisas eram ofensivas, e aparentemente tão tremendas que Jerusalém decidiu enviar vários homens a Magdala. O Nazareno e seus seguidores não jejuavam nem respeitavam o sábado, e, além de tudo, sentavam-se à sua mesa gentios e mulheres. Aquilo soava intolerável em alguém que o povo considerava o enviado de Deus, seu filho, o libertador do povo judeu.

Levi ria ao me contar isso. Particularmente, algo em tudo aquilo me impedia de rir. Eu havia organizado os armazéns para que diminuíssem a produção sem deixar de funcionar. Havia colocado à disposição de Levi – que, àquela altura, acompanhava o Nazareno aonde quer que ele fosse – minha casa e meus bens. Não queria que esse esforço findasse com outro assassinato inútil, não queria financiar um morto.

Meu amigo caçoava de mim.

— Se ousarem machucá-lo, o povo se levantará contra eles — assegurou.

— Ninguém nunca se levanta contra o Sinédrio — eu contestei. — Nem mesmo com a proteção dos zelotes.

Então, em uma tarde que já virava noite, meu amigo se apresentou em casa com um grupo de homens, entre eles seu mestre. Chegaram cansados e alegres.

— Mulher — disse-me Simão Pedro —, dê-nos um pouco de água fresca.

— Esta mulher tem nome — respondeu o Nazareno, e fez-se um silêncio. — Chama-se Maria, Maria Madalena, e você sabe melhor do que eu.

Não quis ver a reação do pescador. Dei-lhes as costas e só então os convidei a me seguir. Pedi às garotas que trouxessem água, vinho e pescados. Simão Pedro, seu irmão André e mais alguns homens abandonaram a casa e esperaram do lado de fora, na rua.

— Levi — dirigi-me ao meu amigo em voz alta, de modo que todos me ouvissem —, podem passar a noite aqui.

Ninguém rechaçou meu convite.

— Por que desafia o Sinédrio? — perguntei ao Nazareno assim que nos acomodamos na sala.

— De que tem medo? — Irritou-me que ele voltasse a me relacionar com o medo.

— Não tenho medo — respondi. — Veio aqui por acreditar que temo algo?

— Mateus me disse que não está tranquila. — Eu demoraria um bom tempo para me acostumar ao novo nome do meu amigo.

— Refere-se a Levi? — Ele sorriu ao me ouvir.

— Não tenha medo. Sei o que faço. — Ouvindo-o, contemplando seu relaxamento sentado com a taça de vinho na mão, meus receios pareciam ridículos.

— Sabe o que faz, mas enfureceu o Templo.
— Aqui, nesta casa, não se trabalha aos sábados?
— Meus armazéns permanecem fechados e meus trabalhadores descansam aos sábados. É a Lei — respondi, e a palavra "Lei" me encheu a boca de cinzas.

Ele olhou em direção ao pátio, em cujas escadas descansavam Ana e as outras doutoras.

— E elas, não trabalham aos sábados?
— Nós somos mulheres.
— Vocês não se preocupam com o nome dos dias, e assim faço eu também.
— Nosso trabalho permanece oculto dos olhares, e o seu, busca o desafio. Nós não desafiamos. Suponho que seria perda de tempo. Se o fizéssemos, estaríamos mortas há séculos. Trata-se de tempo.
— É agradável conversar contigo — afirmou, sem fingimento ou recato.
— Para que veio à minha casa? — repliquei, incomodada.
— Para conhecê-la.

Contrariava-me a possibilidade de que viesse com a intenção de me agradecer por algo. Minha participação em seus esforços era aceitável desde que nunca fosse explícita. Eu jamais recebera gratidão da parte de ninguém, nem mesmo daquelas que chegavam sangrando e partiam curadas. Não teria permitido isso. Sigo sem crer na bondade como algo útil.

— Para que desafia a Lei? — Queria ouvi-lo.
— Já não precisa dizer mais nada. Beba e desfrutemos desta noite magnífica. — Ele pegou a taça que eu tinha deixado esquecida e a estendeu para mim. Olhei ao redor. Uma dúzia de homens comia e conversava, minha casa era a casa deles. Reconheci João e Tiago de Zebedeu e me alegrei de que entre nós não havia rancores nem contas a acertar.

— Vangloria-se de não respeitar o sábado. Não entendo essa necessidade.

— Disse a eles que o sábado foi feito para o homem, e não o homem para o sábado — falou, orgulhoso. — Todos ouviram.

— Falou para que todos ouvissem — pontuei. — Não tem medo de que respondam?

— Não têm resposta.

— Não tem medo de que o matem?

— Podem me matar se assim decidirem, e o farão, mas minhas palavras estão ditas. Não podem matar palavras.

Passado tanto tempo, não sei o que pensar daquilo. Sem dúvida, as palavras permanecem; do contrário, de que serviria este meu esforço? Mas é um ato de obstinação, escolho acreditar que é assim, que permanecerão. Ah, mas não aquelas cobertas com silêncio ou violência. As palavras mudam, aprendi que as palavras não existem nuas; vestem-se ou são vestidas de significados. Quanta indumentária, quantos significados tem cada palavra? Quantos disfarces? Pergunto-me até que ponto pode-se prostituir uma palavra. Até que ponto pode-se golpear, violentar, anular uma palavra. Até que ponto é possível submetê-la e convertê-la no seu contrário, em silêncio.

Quando nos retiramos para descansar, já sabia que aquele homem iria enraizar-se em mim, como de fato aconteceu. Mas essa certeza foi só a primeira, o princípio. A palavra foi o princípio, um vislumbre de uma semente, ainda apenas isso. E decidi permanecer, não me apartar de seu possível crescimento. Depois, muito depois – o que é muito? – fui entendendo que a palavra é a vida, a vida diante do corpo, sobre o corpo ou o próprio corpo.

22

É O CORPO. É ISSO. TRATA-SE DO CORPO. DESTROÇAM OS corpos. Aliviam-se no interior dos corpos. Amar não é algo possível aqui fora. Não há amor a não ser que se ame a carne. Conheço a carne. Como vai amar aquele que violenta a carne, que violenta o corpo? Só por meio do corpo chegamos a roçar no espírito. A carne é a porta de entrada, o acesso a tudo. O corpo dota de escritura o espírito. Roço em sua mão e estou enunciando algo, há aí um enunciado. Golpeio seu rosto e estou enunciando algo, há aí outro enunciado.

Aquela noite, o Nazareno não foi um homem, mas um parágrafo depois de outro parágrafo depois de outro. Eu não era uma mulher, mas o enunciado complexo daquilo que está no pensamento por terminar.

A primeira vez que nos deitamos, ele aprendeu a balbuciar. Eu entendi que, alcançado certo entendimento, não há mulher nem homem. Eu tinha simplesmente acreditado até então que tal entendimento, tal conhecimento mútuo, era assunto de mulheres. Depois dele, não é de admirar que nenhum outro viesse a conversar com meu corpo.

Tratar com corpos ensina que o castigo e a vingança se inscrevem sobre eles, como a decadência, a perversão e o poder.

Da mesma maneira, o amor. Amar em um sentido amplo. Não me refiro a desejar um corpo, à necessidade lasciva de possuí-lo, de satisfazer-se nele. Tampouco à armadilha preparada pelo arrebatamento, tão estéril. Em um corpo traça-se a ideia do amor em si mesmo. Sobre o corpo narra-se essa necessidade, que pede abrigo, arrasta ao júbilo, modifica o que toca.

Aquele primeiro encontro era simplesmente o início de nossa profunda, íntima conversa, um diálogo que ainda não acabou. Quando o mútuo conhecimento alcança, pulsante, a corda do espírito, precisa mais do que voz. O corpo inteiro é necessário. Eu também, sim, eu também aprendi a balbuciar aquela noite. Crescer sobre outro corpo, pensar, subir, abandonar o que era, para ser.

Ele aprendeu a balbuciar e chorou. Como não iria chorar?

Olhava para mim e se enxergava. Eu não conhecia esse olhar. Era um olhar de mulher. *Quem é você?*, perguntei-me. Essa pergunta embutia a seguinte: *Quem sou eu?*

Quem sou?

E também a seguinte: *Quem somos nós?*

O tempo passou, sigo amando-o e creio já ter a resposta: somos o belo, somos o fruto do pensamento, somos o corpo que roça a possibilidade do conhecer com a ponta dos dedos, somos aqueles que vislumbram a própria finitude.

Nosso amor não existia. Era conhecimento, era a ânsia por conhecer. Eu só não tinha as respostas. Ali, sobre meu corpo, delineavam-se suas perguntas. Minhas perguntas. As perguntas.

23

MARIA ERA AINDA UMA MENINA QUANDO A CASARAM COM José, da tribo de Davi. Ele acabara de enviuvar, com três filhos varões para criar. Precisavam de uma mulher e conseguiram uma jovem virgem da tribo de Levi. Isto parece importante, tribo de Davi e tribo de Levi. No entanto, o principal era a virgindade da garota. Nada sei dele além de sua carpintaria. Não o conheci e nem Maria o mencionava.

 Durante muitos meses, o Nazareno, filho de José, e seus companheiros permaneceram às margens do mar de Galileia, normalmente a oeste do rio Jordão. Ali praticou seu magistério e ali se uniram a ele discípulos da região, além dos filhos de Salomé, sua família. Minha casa foi se convertendo em um lugar de descanso, e também algo parecido com um centro de operações. Magdala é bem localizada, encontra-se a meio caminho entre Cafarnaum e Tiberíades, próxima de Betsaida e de Nazaré. Sobretudo, é banhada pelo mar sem sal. Somos gente do mar e às vezes da água doce. João, Tiago, Simão Pedro, André, Levi, Salomé de Zebedeu, sua irmã, Maria, mãe do Nazareno, e eu mesma bebíamos das mesmas águas, tão distintas das deste Mediterrâneo que agora, aqui em Éfeso, salgam-me os lábios e encrespam meus cabelos.

Tudo já havia mudado nessa época. Sobravam quatro dos doze barcos que trabalhavam para mim. Consegui reunir toda a produção em um dos armazéns e esvaziar os outros dois, que rapidamente ficaram abarrotados com seus seguidores habituais, os discípulos mais próximos e outros que andavam pelos povoados contando às pessoas sobre a chegada do messias que esperavam há gerações. De passagem, adornavam as histórias com prodígios e extraordinários acontecimentos. Chegavam a Magdala crendo que o sol aparecia à noite e que das árvores brotavam frutas das frutas das frutas. Que idiotice. Em um dos galpões instalaram as pessoas e em outro, os animais, mas homens e mulheres acabaram se misturando com aves, cabras e cordeiros, mulas, burricos e cachorros à caça de algum osso, e as ratazanas de sempre. Correu o boato de que, para encontrar o mestre, só era preciso se aproximar dali, dos armazéns do porto de Magdala, e esperar. O que havia sido o lugar das ânforas e das redes, lugar de sais, ervas e especiarias, converteu-se em uma espécie de cidade dentro da cidade que não tardou a ultrapassar seus próprios muros, cumulando de peregrinos, intrusos e desvalidos também minha própria casa.

Maria encontrou junto às doutoras um lugar em que se sentia mais à vontade do que entre o povaréu ávido por algo, por qualquer coisa, à espera de encontrar-se com o Nazareno. Não era difícil que alguém acabasse apontando-a como a mãe dele, então uma multidão se reunia em torno de seu corpo miúdo e claro. Lembro-me de que uma das primeiras vezes em que saiu, recém-instalada em casa, uma turba alvoroçada por sua presença carregou-a de repente. Quando o Gigante a alcançou, já tinham quebrado um braço dela.

Mas quanto ao ânimo, era difícil, se não impossível, quebrar o de Maria. Caminhava decidida de um lado para o outro da casa, carregava água para as doutoras, lavava os tecidos e as túnicas com suas pequenas mãos, esfregava até ficar exausta e empapada de suor, sentada em algum canto, com o rosto avermelhado. Falava pouco. Algumas vezes, quando a angústia me perturbava o ânimo, ela se aproximava e me massageava com suas mãos grossas de sal e gordura. Nem sequer nos momentos finais, diante do corpo lacerado de seu filho, despedaçado pela tortura, duvidou do que tinha que fazer, do que queria, do que havia decidido fazer. Nunca se deixou dissuadir. Jamais afastou o olhar. Não me esqueço disso, daquela forma de não virar o rosto.

Agradeci que ela e Salomé se juntassem às doutoras. Sua presença evanescente continuava me irritando. Meu temperamento rechaçava essa sua paz; sentia-me repelida. Ela entendeu rapidamente o papel das doutoras. Ana e Maria tinham a mesma idade e uma forma de ser muito parecida, sem que suas presenças ocupassem espaço. Lembro-me delas sentadas ao anoitecer nas escadarias da entrada, esgotadas e satisfeitas, em silêncio, cada uma recolhida ao seu próprio interior. Era quando eu sentia uma pontada de ciúmes. Não era incomum ver Maria aparecer com alguma mulher a ser curada ou suturada. Esse empenho de bondade e o serviço são parte de uma doma, de um adestramento. Em qualquer caso, como sempre, sem interpor decisões, nossa casa era território das mulheres.

Em uma dessas noites, no momento de descanso, Ana aproveitou minha presença com elas nas escadarias para perguntar:

— Maria, dizem que teu filho é o filho de Deus.

Fiquei surpresa. Até então, nunca as havia escutado falar sobre algo que não fosse relacionado a assuntos práticos. Maria levantou o olhar para os oleandros, cujo viço, mais além, havia aproveitado os últimos raios de luz. Depois olhou para os pés, num gesto seu habitual. Calçava sandálias que fabricávamos para pisar pó e lama, com sola dupla de couro e um par de cordões. Não havia tempo para enfeites, nem seria prático. Eu mesma fui me despindo de adornos. Como todas, ela tinha os pés ainda sujos do dia, as unhas negras, os tornozelos cobertos de barro seco. Sorriu sem levantar a cabeça.

— É o que dizem.
— E você, o que diz? — continuou Ana.
— Meu filho é filho de mulher. De homem e mulher. — Parecia falar consigo mesma. — Quem sabe como são os filhos de Deus? Quem sabe que diferença há entre ele e você mesma, Ana? Eu não sei. Por acaso não são a mesma coisa, as mesmas criaturas?
— Ontem seu filho se irritou por esse motivo — eu comentei.

Era verdade. No dia anterior, o Nazareno tinha mandado calar um grupo que, entre a multidão, gritava que ele era filho de Deus. Era algo frequente quando o povaréu se apinhava ao seu redor. De repente, alguém entrava em êxtase ou sofria algum tipo de fé convulsiva e se soltava em gritarias dementes que não demoravam a contagiar a multidão. Então, o transe os levava a gritar que estavam diante de Deus, que viam Deus, que era o filho de Deus, Deus, Deus, Deus e mais Deus. Rasgavam as roupas, puxavam os cabelos, choravam e se retorciam. Eu havia presenciado arrebatamentos similares diante de alguns dos muitos profetas que circulavam pelos povoados e estradas. Essas demonstrações de alienação coletiva interrompiam qualquer explicação ou diálogo, qualquer tentativa de expor uma ideia ou comunicar-se com quem estivesse ouvindo. Então, a serenidade pretendida se esmigalhava contra uma parede de perturbação. Hoje duvido que essa serenidade fosse completa, fosse real. Não quero escrever certezas. Ele sabia o efeito que provocava, e o alimentava. Com o tempo, isso foi se tornando mais e mais habitual, até ser perigoso. Parecia que podiam acabar com sua vida, que uma onda humana poderia engoli-lo e, uma vez convertido em objeto mágico, despedaçá-lo para repartir os restos. Ele não estava inconsciente disso. Era sua intenção?

Juntavam-se todos nos armazéns e no porto, nos arredores de Magdala e Cafarnaum, de modo que o caminho entre as duas cidades se converteu em um grande acampamento onde se instalaram milhares de pessoas chegadas de todos os pontos da Galileia, mas também da Judeia, da Pereia e da Idumeia, do outro lado do Jordão e da outra margem do mar, inclusive gente vinda de Tiro e Sidon, na costa do Mediterrâneo. Haviam caminhado dias inteiros, quase sempre carregando os filhos, e muitos deles com seus animais. Os que tinham enfermos e inválidos chegavam exaustos de arrastá-los por montanhas e terras áridas em leitos toscamente feitos com saco de juta e dois paus. Alguns haviam enterrado seus familiares pelo caminho, sem sequer lavá-los, cobrindo-os de terra. Por sorte, estavam próximos o mar da Galileia e o Jordão. A cada manhã se podia ver um mundo de peregrinos submergir em suas águas; a cada noite, enxaguar o pó e o barro dos caminhos, lavar as crianças. De outra forma, sujos, estariam sujeitos a infecções, miséria e morte.

O acampamento permaneceu entre Cafarnaum e Magdala durante meses e meses, talvez um par de anos, seguindo pela linha da costa. Era uma resposta àquelas loucuras sobre os prodígios e milagres que o Nazareno operava – que curava os enfermos, que fazia desaparecer chagas e pústulas, que conseguia fazer brotar dos cotos novos membros e devolvia a sanidade aos dementes. Inclusive, chegava-se a dizer que ele era capaz de ressuscitar os mortos.

Salomé organizou a chegada de alimentos àquele povo. Não conseguimos evitar os furtos, mas asseguramos a subsistência dos assentamentos. Os habitantes dos arredores suportaram tudo graças aos benefícios que obtinham. Salomé ajudou, as mulheres ajudavam, mandavam as crianças, mais ligeiras, que corriam de um lado para o outro arrastando cestos e carriolas. Juntas organizaram o modo como os campos e os animais abasteciam aquela cidade singular levantada com paus, trapos e folhas de palma. Ah, as mulheres. O alimento e a higiene, sua organização, a ordem e o sustento básicos são coisas nossas. Assim tem sido desde sempre. A vida me ensinou isso e disso não tenho dúvida. Sim, mas eu dava o dinheiro, e esse ato levava-me a um lugar a que elas não tinham acesso. Algo em mim me mantinha a salvo de toda aquela iluminação e subserviência que delas emanavam. Eu tinha chegado até ali buscando outra coisa, algo que bem valeria toda a minha fortuna.

Os homens lidam com o que consideram ser alimento do espírito, enquanto as mulheres se ocupam da comida. Essa forma deles de pregar a pobreza que não leva em conta o mínimo exigido para se viver. O Nazareno repetia aos seus que eles viviam do que as pessoas lhes proporcionavam, sob os tetos que lhes foram emprestados. Sinto raiva ao me lembrar disso, de toda a raiva que, à época, não tive tempo de me permitir. Que facilidade pensar que, sem mover o corpo a parte alguma, o alimento cairá do céu, que seu Deus lhe dará de comer, abrigo e teto, que o vestirá como faz com as flores do campo, esse tipo de bobagem que passam de pai para filho por gerações como se fosse sabedoria. Santos, religiosos, profetas, sábios, políticos, revolucionários, sim, mas quem ordenha as cabras e ovelhas? Quem sova o pão? Quem maneja o forno? Quem tece? Quem se ocupa da limpeza dos lugares de descanso e onde se consomem os alimentos? Quem espanta as moscas?

— Madalena, estamos com um problema aqui fora.

Levi chegou em casa cedo, no dia em que o Nazareno se enfureceu com a multidão alienada. Pela primeira vez, ele precisou subir num barco e fazer-se ao mar para não ser engolido. Aquelas pessoas passavam os dias ao léu, alimentando-se apenas de esperança. A esperança é mais difícil de enganar do que a fome. Queriam ver o seu Messias, mas não lhes bastava isso. Queriam tocar suas roupas e que ele os olhasse nos olhos, um por um. Nenhum dos homens que percorriam o lugar proclamando milagres e maravilhas parou para pensar que quem lhes dava atenção também queria usufruir de tudo aquilo. A princípio, ilusão e esperança alimentam, mas isso dura pouco. Por fim acontecia algo verdadeiramente épico em suas vidas, algo salvador, histórico, definitivo. Depois de gerações aguardando, havia chegado o enviado de Deus que libertaria o povo judeu. E esse enviado era nada menos que seu filho, o filho de Deus, diziam. Como não apostar tudo o que tinham e ir para a estrada? De que valiam suas vidas, suas magras posses, sua forma de habitar a terra diante da possibilidade de tocar o enviado, de serem, eles também, de algum modo, os eleitos?

O trabalho em casa e nos armazéns havia se multiplicado naquele mundo de mulheres-abelhas, naquela colmeia particular que parecia inesgotável.

— Temos problemas em toda parte — ele insistiu, e eu pensei que, se também Levi se apoiava em nós, mulheres, toda aquela fantasia de equilíbrio desmoronaria e só sobrariam pó e restos. Pó e restos de nós, mulheres. — Não para de chegar gente, Madalena.

— Acha que não damos conta? — Com um gesto do braço direito fiz menção de abarcar as dezenas de homens e mulheres que, sentados no pátio da casa, esperavam algo. Nem eles nem eu sabíamos bem o quê. Se não fosse pelo Gigante e alguns homens do armazém que punham ordem no lugar, aquelas pessoas teriam arrasado a casa.

— Sim, eu sei, eu vejo. Mas isso não é nada. Estou atento. Parece que sou o único aqui fora que presta atenção no que está para acontecer.

Levi estava acostumado a lidar com bens e dinheiro. Ele se encarregava de que não faltasse nada a quem trabalhava conosco, ou seja, a quem mantinha as pessoas minimamente atendidas. Ao vê-lo exasperado, temi que algo terrível ocorresse. Tomei ciência do que poderia acontecer.

— O que quer de mim que eu ainda não esteja fazendo? — perguntei, arisca.

Ele ficou pensativo. Voltava a chover. A semana inteira caiu essa chuva teimosa e mansa, traiçoeira como toda mansidão. Os campos estavam cheios de barro e as pessoas, para além de suas necessidades habituais, suportavam essa umidade de lamaçal que apodrece os sonhos.

— Desculpe-me. Não sei o que vim pedir a você. Provavelmente isso...

— Agora é você quem tem medo, Levi.

— É possível.

Levi passava com facilidade do ânimo ao abatimento. Como o Nazareno, era uma pessoa pouco estável, daí a estreita relação e a mútua confiança entre eles.

— Vale a pena? Diga-me, vale? — Minha pergunta era séria e, além do mais, verdadeira. Suas dúvidas eram algo que eu não podia me permitir. Não naquele ponto. Passamos meses frenéticos. Estava feito. Tudo já havia mudado. Meu medo não era o tremor solitário e noturno do roedor. Eu havia me livrado disso. Estava me dando conta de como estivera sozinha na minha luta por ser. Que barbaridade. De como havia vivido tantos e tantos anos fingindo ser outra em troca de receber escarradas. Não estava disposta ao fracasso. Não se tratava de vingança, mas de ter lavado a lama do rancor, esse que a dor vai depositando nas entranhas; de ter convertido esse rancor em pó e depois o sacudir como quem escova a crina de um cavalo. Ser eu mesma era algo novo para mim.

Não ser outra, sentir-me necessária. — Responda-me, Levi, acha que vale a pena?

— Sim, claro. A pergunta é o que, de que se trata. Vale a pena, mas começo a não saber do que se trata. É isso.

Meu amigo dava mostras do cansaço de meses frenéticos. Não era só abatimento. A espera cansa mais do que a ação. Outros tinham saído pelos caminhos anunciando a notícia e os ensinamentos de Jesus. Ele permanecia ao seu lado, responsável por fazer as coisas funcionarem enquanto o resto vagava num estado febril.

— Trata-se da vida — respondi. — Você me disse. Você me falou: "As coisas não podem continuar assim", e eu o escutei. Agora tudo isso — repeti o gesto com o braço — já não é mais de todo meu.

— Está feliz, Madalena?

— Estou satisfeita, acho. Não tenho tempo de pensar nisso.

Àquela altura, minha fortaleza era suficientemente sólida para não me deixar arrastar para a melancolia. Nem dores nem delícias iriam deter aquilo que me movia. Vencer sem violência. Afogar os desgraçados na água negra de sua própria ruindade.

— Tenho uma sensação que me intranquiliza, que atormenta meu sono.

— Aperte o passo e não dê espaço a isso, Levi.

Poucas horas depois de nossa conversa, soube que o Nazareno gritou furioso aos alienados que clamavam que ele era o filho de Deus. Ele proibiu tais afirmações, mas o povo correu em sua direção a ponto de os pescadores precisarem colocá-lo em um barco e remar mar adentro. Dali, dirigiu-lhes algumas palavras, aquelas que logo corriam de boca em boca entre a multidão que não as conseguiu ouvir, que as inventava e as fazia circular.

Sem dúvida, era essa a sua vontade. Inclusive em sua fúria latejava a necessidade de ser venerado.

24

Chovia intensamente e eu havia sonhado que, de Meroé, na África, chegavam mulheres negras carregando Amanitore, rainha das Candaces, em um trono que era um elefante empalhado. Cantavam com vozes de homem. Ela se inclinava até mim, mas eu ainda ficava longe, então ela estendia o braço, que era uma tromba, e me colocava na garupa. Em seguida, aquilo deixava de ser uma besta empalhada e se colocava em movimento.

Naquele dia, as pessoas haviam se refugiado em seus rudimentares albergues com folha de palma e, quem coube, nos armazéns portuários de Magdala ou Cafarnaum. Os dias de chuva forte eram mais tranquilos, quando trabalhávamos com calma, sem correria. Chamavam a mulher de hemorroíssa, e seu único pecado consistia em sair à rua apesar de seu sangramento constante. Não se tratava de um fluxo de sangue episódico, mas constante. Acontecia, como pudemos perceber em casa, que algumas mulheres já inférteis sofriam de hemorragias que costumavam ser mortais. Ela não vivia em Magdala, devia ter viajado de alguma outra cidade ao encontro daquele que, ela supunha, poderia salvá-la. Era uma infecta. Seu sangue era insuportável. Em geral, o sangue das mulheres rompe a pureza que a sociedade é capaz de suportar, ou seja, que os homens e quem acata suas idiotices são capazes de suportar. O sangue está aí, e cumpre bem sua função de gerar os filhos dos homens.

Alguns discípulos chegaram às pressas com a mulher. Estavam ensopados. Na porta, o Gigante a tomou nos braços e a levou até o pavilhão das doutoras. O Nazareno nunca havia participado de uma sessão de cura, eram seus homens que traziam a casa os enfermos, geralmente infectados, quase nunca curáveis. Quando apareceu, as doutoras já faziam seu trabalho, e a mãe dele estava entre elas. Como era normal, Simão Pedro e alguns outros ficaram do lado de fora, na rua.

— Está cansada, Madalena.

O cabelo do Nazareno gotejava, sua túnica estava encharcada.

— Entre em casa. As garotas lhe trarão roupa seca e algo de comer.

— Onde está a mulher?

— A mulher está bem. Ana agora cuida dela.

— Morrerá?

— Pergunta para mim? Não é você quem cura os enfermos?

— As enfermidades das que me ocupo não têm a ver com o corpo. Ocupo-me da ignorância e da violência. Esse é meu magistério. A mulher morrerá?

— Acho que não. O que você sabe sobre violência?

Poderia se dizer que o alvoroço da hemorroíssa, o sangue, a irrupção do Gigante com ela aos braços haviam distraído as pessoas instaladas no pátio a ponto de não se darem conta da presença do Nazareno, mas a verdade é que nem sequer o reconheciam. Não o teriam distinguido de qualquer outro que entrara na casa. Seu aspecto era o de um homem qualquer, nem mais alto nem mais baixo, descuidado, sujo e ensopado como todo o resto, a pele igualmente escura.

Entramos na casa grande e agradeci por sua aparição, permitindo que eu me retirasse. Meu pai, e sobretudo minha vida entre as doutoras, haviam me inclinado ao asseio. A água, as bacias grandes e pequenas, o prazer de eliminar o dia submergindo-o. As garotas prepararam a banheira, temperaram a água, a perfumaram.

— Deveria se alimentar — disse a ele assim que ficamos a sós.

Completamente nu, recostou-se contra um dos cantos, com os braços abertos. Então seu verdadeiro rosto, o que eu conhecia, o íntimo, se desfez do rosto que trazia. Como seu eu acabasse de vê-lo. Tinha a cabeça largada para trás, o pomo-de-adão sobressaía do pescoço e eu pensei em um pássaro. Ele era todo ossos, uma carcaça ou um instrumento de corda coberto de couro escuro. Acariciei devagar a ondulação de suas costas, sem intenção de lhe dar descanso. Subi até seus ombros, mandíbula, maçãs do rosto, testa, têmporas. Sem intenção de lhe dar descanso. Reconhecendo. Somos corpo e o esqueleto dá suporte a tudo. Pensei que, quando nada mais cobre o esqueleto, sobra apenas a cabeça. Recordo-me com tamanha clareza porque nunca deixei de pensar sobre isso. Detive-me na cabeça. Senti que me pertencia, e então, ao pensar, pertenceu-me. Naquele momento era minha. Quando abriu os olhos e me olhou, voltou a estar ali, já era ele de novo.

— Parece que só lhe restam os olhos, Nazareno.

— Isso não importa.

— O que importa, então?

— Você já sabe.

— Vejo você e isso me transforma. O fato de vê-lo, de ver-me.

— Mas você se esforça em se deter nos olhos, Madalena.

Beijei seu olho direito. Beijei o esquerdo. Recostei minhas costas sobre seu peito, minha nudez sobre a dele.

— Somos estes corpos — eu disse.

— Somos o que significa este seu ato para mim.

25

Sou forte. Isso sou e isso tenho sido. Sinto-me tentada a ficar pensando a que preço. Que preço pagamos por não nos deixarmos vencer. Não devo.

Lembro-me de quando regressei a Magdala, passados os primeiros anos em Roma após o assassinato de meu pai. Acreditava que me moviam o rancor e a vingança. Agora sei que se tratava de um esforço: *Não poderão comigo*. Eu havia vivido já duas vidas. A primeira, junto de meu pai e das doutoras, aquela infância plena, a salvo de toda violência. A segunda, meus anos em Roma, um crescimento na dor, na fúria e na aprendizagem acumulada a solavancos, festa, frivolidade e luxos até meu regresso. Voltei a Magdala decidida a tomar posse do que era meu, e consciente de que isso poderia me custar a vida.

Assim como arrastava duas vidas, enfrentava duas possibilidades. Podia ficar reclusa na casa de meu pai, desaparecer nutrida pelos negócios que o fiel Lúcio ia administrando minuciosamente, refugiada nos amorosos cuidados de Ana e fingindo que minha existência se cumpria no simples fato de sustentar as doutoras fomentando seus ensinos, fortalecendo a educação oculta das garotas. Mas podia também não me esconder, rechaçar toda humildade e submissão, o ocultamento. Foi o que escolhi.

A que preço, é uma pergunta que não devo me fazer.

Que preço paga a loba por ser loba, a égua por ser égua?

Quando pisei de novo na casa de meu pai já vestida de outra, não deixei espaço para a infância e a inocência que ali permaneciam. Fechei seus caminhos. Esta não é a casa de meu pai, disse a mim. É agora a minha casa.

E não vão poder comigo.

Derrubaram-me e voltei a me levantar. Deram-me as costas e eu segui na direção contrária. Escarraram-me e cobri com túnicas de seda seu cuspe. Serei rocha sobre a qual o sangue escorre. Serei altiva para que não me toquem. Imporei meu poder para semear servidão sobre seus lares. Vou me distanciar de toda crueldade, rechaçarei qualquer forma de crueldade em mim para, chegado o dia, poder me recuperar.

— Não a reconheço — disse-me Ana pouco depois de eu chegar de Roma. — Não sei quem é.

— E quem é você, amiga querida?

— Sou quem eu era.

— Não tenho dúvida. Você sim, mas eu não?

— Não reconheço.

— Você me conhece, e ponto. Conhecer e reconhecer. Como não me conhece? Por acaso precisa me reconhecer para saber que me conhece?

Desnudei-me diante dela. Deixei cair aos meus pés o sofisticado traje, os ornamentos, a túnica de seda e sua brilhante cobertura carmesim, todas as miçangas. Aquele anseio por ela, que me acompanhava desde menina, não era só desejo, mas espelho. Deixei cair as roupas sem cerimônia. Detesto cerimônia, apesar de nunca ter me custado muito fingi-la quando necessário. O poder exige cerimônia. A riqueza permite evitá-la. Sem cerimônia. O meu desejo não era elaborado, mas animal. Por isso mesmo poderia ser satisfeito ou não, e em qualquer caso seria consumado. Em si mesmo.

Permanecemos um tempo, não sei se curto ou longo, assim, de pé, ela com seu roupão austero de mestra circunspecta e eu nua. Meu olhar obrigava o dela, *venha, venha, venha e olhe, sou eu*. Por um instante temi, e teria sido compreensível, que ela desse meia-volta e partisse, provavelmente para não mais voltar. Talvez tenha sido esse instante, ou o instante anterior a esse, que levou minha mão ao seu rosto.

— Poderia lhe dizer, querida Ana, que tampouco reconheço a mulher que decidiu me julgar...

— Não a julgo.

— ... que não a reconheço porque não é você.

— Não sei quem você é.

Suspirei sobre seus lábios. Estava cansada.

— Somos nós, Ana, somos nós.

26

Não conheço o pudor. É pelos corpos, todos os corpos que desfilaram diante de mim desde meu nascimento. Corpos feridos, corpos costurados, esvaziados, curados, corpos que já carregavam o rastro da morte. O pudor pertence a quem planeja e impõe o castigo e aos ignorantes. O pudor se refere ao corpo, alimenta-se dele e o liga ao pecado. A ciência, como o conhecimento, é o contrário do pudor. O contrário do pecado.

Meu corpo nu diante de Ana, então, não é diferente do meu corpo nu diante do Nazareno ou, agora, já quase nem corpo, do que passeia sua ampla decadência por entre as garotas. Esta é a minha fortuna, ter encontrado espelhos e resposta à minha nudez.

Aquele velho "Não poderão comigo" já antecipava a recusa às suas normas de comportamento, a refutação. Confrontá-los com minha nudez, minha soberba e minha fortuna. Não a celebração orgiástica da infâmia. A nudez estrita de meu corpo disposto a não os atender, não me submeter a seus padrões. Fingem leis imbricadas sobre ritos e mitos quando, na realidade, trata-se dos corpos. A propriedade dos corpos.

Quando, nua diante de Ana, nua do elaborado regresso, disse a ela "Somos nós", era a isso que me referia. Dá-se conta disso tempos depois. Não sou sua. Não é minha. Agora, neste momento, somos nós, mulheres. Neste momento. Depois seremos uma e outra, somente. Que coisa. Havia regressado empenhada em que suas leis não pudessem comigo e dava por garantido que se tratava de poder e riqueza. Claro que sim. Era assim lá fora. Mas a expressão do nosso primeiro reconhecimento já trazia, destilada, a transgressão. Tudo está construído sobre ritos de posse. Você é meu marido e você é minha mulher, este é meu filho e esta é minha casa. É curioso que eu fale precisamente de propriedades, mas não mais curioso que o desprezo do Nazareno pela riqueza. Qualquer coisa, eu o ouvi repetir, qualquer coisa era mais fácil de acontecer do que um rico entrar em seu Reino dos céus.

— Você se permite dizer isso, detestar as riquezas, porque dorme em minha casa e come à minha mesa — disse-lhe em uma ocasião.

— Não falo de riqueza, mas de propriedade.

— Eu sou rica. Sou porque possuo. Possuo um negócio, possuo bens, esta casa, inclusive o necessário para alimentar você e aos seus. São minhas propriedades.

— Exato. Você as possui e as usa. Não as idolatra. A acumulação é idolatria, não a fortuna. A acumulação e a usura.

Enquanto escrevo, as garotas pululam pela casa, para além da porta que me isola em minhas lembranças. São minha família. Aquelas e aquele diante de quem me expus, revelando minha nudez, são minha família. Volto ao corpo. O corpo nu cria uma união que permanece nessa atitude quando supõe uma afronta ao pudor e às leis sagradas.

Busco a voz, a minha voz. Ao me sentar para escrever sobre o Nazareno, sempre sei como meus dedos vão ficar endurecidos. Se eu enfiasse minhas mãos em argila e as tirasse, úmidas, e as mergulhasse, nesse estado, em tinta, não seria diferente a

sensação. Antes da décima linha, minhas mãos começariam a rachar; eu as levantaria e, ao observá-las, no breve tempo desse gesto, meus dedos teriam perdido toda a utilidade.
 Assim como minha voz.
 Devo descrevê-lo? Se sim, enriqueceria em algo aquilo que decido narrar?
 Não tenho tempo de sobra. Passou outra vida desde seu desaparecimento. Não tenho tempo, em termos estritos, já que me restam nestas terras, quem sabe, dias. Apesar disso, decido me narrar aqui, incluir-me. Neste momento, rechaço abertamente qualquer dos textos de Paulo de Tarso e seus semelhantes, que vertem sua própria necessidade de permanecer em escritos supostamente doutrinários. E, desse modo, os intoxicam. De que serviria meu testemunho se não incluísse quem o lega?
 A ele, o Nazareno, e a mim, Maria Madalena, nos juntou a nossa deformidade. Éramos uma exceção, uma excrescência em nosso tempo. Ambos soberbos, ambos convencidos de que qualquer sacrifício dá seus frutos. Ambos disformes. A diferença entre ele e eu residia naquilo que havíamos decidido sacrificar, e para quê. Eu havia resolvido pagar com uma parte da minha vida a possibilidade de voltar a ser, ser eu, isto é, a arrogância não só de me conhecer, mas também de vencer o outro, quem quer que seja o outro, inclusive se dissesse respeito a uma tradição milenar e indestrutível como a judaica. Ele havia decidido pagar com a vida a possibilidade de ser eterno, de se converter em um texto, difundir-se. Era um iluminado que se alimentava de si mesmo. A construção de sua própria figura, o êxito de suas ideias, o fervor de seus seguidores eram suficientes para saciar seu apetite. Apetite de quê? Somente de transgressão? Um apetite revolucionário contra os injustos? Pode ser, mas quanto há de soberba nessas lutas. Acabam, devem acabar, inevitavelmente em morte?

Este meu ato é uma mostra de que, em parte, conseguiu aquilo a que se propôs.

Assumi seu esforço, isso é certo, por conveniência. Sua vontade de oferecer uma outra forma de viver, uma vontade que incluía oferecer a si mesmo em sacrifício, incluía a destruição daquilo que eu também, a meu modo, precisava pôr abaixo. Destruir o que existe para criar algo novo, ou como forma de vingança. Isso importa? Mas nunca se leva em conta a ternura. Afinal, foi também a ternura o que me incitou a acompanhá-lo, a ele e ao que lhe aconteceu, até hoje, até o resto de meus dias. No entanto, pelo que vejo, pelo que leio e pelas notícias que me chegam, aquela vontade dele, a do Nazareno, acabou por frutificar. Até o ponto de fazer tremer as leis sagradas. Existe algo mais convincente, mais tentador, do que a ressurreição?

"Se Cristo não ressuscitou, vazia é nossa pregação, vazia também é a nossa fé." Aí estão seus frutos, e o que será a partir daí muito me amedronta. Paulo de Tarso escreveu nesta mesma cidade de Éfeso algumas palavras dirigidas à comunidade de seguidores estabelecida em Corinto. Por isso busco minha voz. Como descrever essas coisas que estão acontecendo? Como contrapor a minha verdade com estes dedos que se quebram?

Sinceramente, ele jamais ressuscitou.

27

Quando a hemorroíssa estava curada, a levamos ao Nazareno. A mulher havia se convencido de que precisava se despedir dele, agradecê-lo. Abandonou o pavilhão e se deixou cair de joelhos. Depois andou de quatro até um rincão do pátio, parecia uma cadela, e começou a chamá-lo aos gritos. Caiu a noite e ela seguia perturbando a todos com seu alarido. Ficou claro que não iria embora até conseguir o que queria. Para ela, as doutoras e eu mesma não éramos senão membros acessórios de seu verdadeiro salvador, que era ele, a quem considerava ter operado o milagre em seu ventre, quem havia extirpado a víscera, costurado a carne, cuidado e reposto unguentos e emplastros.

    Entrou o Nazareno e a mulher se arrastou até seus pés. Chorava e gemia, agradecendo repetidamente a salvação. Pensei que era uma idiota. Não só uma mal-agradecida, uma idiota incapaz de reconhecer o trabalho das doutoras, os cuidados que dia e noite havia recebido das pupilas e das garotas. Em troca, lá estava ela, prostrada diante do homem cujo único mérito consistia em ter ordenado que a trouxessem à casa. Inclinava a cabeça até apoiá-la no solo, junto às sandálias dele. Abraçada aos seus tornozelos, babava e fungava, as bochechas sobre o peito do pé dele.

— Já está curada, mulher — ele observou, ajudando-a a se recompor. Retirou do rosto dela o cabelo pingando de lágrimas, muco e barro, e a convidou a ir embora. — Agora, não volte mais ao lugar de onde veio, e não conte a ninguém o que aconteceu.

Aí está, pensei, ao ouvir suas palavras, *aí está!*

Nesse exato momento, ao ouvir suas palavras, vi tudo o que ele tinha em comum com os profetas trapaceiros que viviam pelos caminhos e margens, tudo o que tinha de farsante. *Aí está, dissimulado.* Recordo que não fiquei enfurecida. Claro que não me enfureci. O que fizera eu para chegar até onde estava, senão fingir? O que fizera, senão criar um personagem e me afundar nele? Então, tudo mudou. Foi esse preciso instante, esse e não outro, que me trouxe até o lugar onde, quatro décadas depois, anciã e esquelética, escrevo estas linhas.

Quando enfrentei seu rosto, meu olhar sobre ele já era outro. Havia descoberto o que tínhamos em comum. Tanto tempo depois, até que enfim. Não eram as razões, mas os métodos. Ambos queríamos pôr abaixo o poder, as leis, o Templo, a obediência, a tirania de castigo e violência, castigo e violência. Eram as desculpas. Mas minhas razões para isso eram umas, e as deles, outras bem diferentes. No entanto, compartilhávamos as armas, a impostura.

— Sei o que está pensando, Madalena. — Em seus olhos bailava o divertido brilho da compreensão.

— Não duvido, querido. Saberá, pois, a partir de agora e já de forma explícita, que minha luta é sua luta e sua luta é a minha.

— Surpreende-me quanto demorou para perceber.

28

NA MANHÃ SEGUINTE, ENVIEI O GIGANTE EM BUSCA DE LEVI. Havia sonhado com um rio de sangue; era o Jordão enfurecido, com redemoinhos escarlates bordejando as margens enquanto as pessoas se jogavam na água que era nada além de sangue. Também sonhei isso sem temor. Vi passar uma língua de fogo que se enroscava sobre si mesma e ia rompendo o mar da Galileia, dominava-o e seguia seu curso rumo às terras da Judeia.

Caía a tarde quando Levi chegou exultante, algo nada habitual nele desde que os seguidores do Nazareno haviam se convertido em multidão. Fazia tempo que eu sentia falta de suas explosões de entusiasmo. Ao que parecia, um novo grupo de fariseus e escribas havia chegado de Jerusalém com a intenção de amedrontar aquele que ousava trabalhar e curar aos sábados, aquele que se sentava à mesa com gentios, mulheres, prostitutas, publicanos. Buscavam colocá-lo em evidência diante da multidão e exigir-lhe uma prova de que era filho de Deus. Bobagens desse tipo eram muito próprias dos fariseus. Na realidade, o Sinédrio e o sumo sacerdote Caifás viam seu poder questionado havia algum tempo por alguém que, a princípio, lhes parecera outro iluminado. Mas essa era uma questão de Caifás e seu sogro, Anás, questão política. Aqueles fariseus que vieram a Magdala acreditavam de verdade que poderiam colocar o Nazareno em apuros, mas era ele quem os tinha feito chegar até ali. Haviam caído em sua rede.

— Quando viram a multidão se aproximar, seu tamanho, não acreditaram. — Levi dava risada. — Todos nós que estávamos em volta do mestre, pudemos ver o medo em seus semblantes. Diante deles havia uma extensão imensurável, tudo o que alcançava a vista, completamente coberta de homens, mulheres e crianças.

— É preciso seguir adiante, amigo. — Minha fisionomia era séria e estava claro que seu relato não havia me impressionado.

— Estamos seguindo, Madalena — exclamou, ainda febril.

— Mais adiante do que nunca!

— Você não entende. Agora começa a verdadeira perseguição. Não será pelos sábados ou por ser filho de Deus ou outra coisa. É para matá-lo.

Foi uma bofetada, uma mão aberta de palavras contra seu rosto, tão real a ponto de fazer com que desse dois passos para trás. Mudou da alegria ao assombro, e logo ao espanto.

— O que está falando, insensata?

— Temos que nos apressar. — Não havia espaço para explicações, tudo faria sentido por si só e eu esperava que ele confiasse em mim. — Falta muito pouco tempo até a Páscoa. Eles usarão a Páscoa. Já não podem mais celebrá-la com ele confrontando seu poder, questionando suas regras e sua violência como forma de existir. Por isso usarão a Páscoa. Eles e o Nazareno a usarão. Uns para matar, o outro para fazer sua entrada triunfal. São parte de uma coisa só.

— Como, Madalena? Como farão isso? — Em seu tom já oscilava o desafio. — Que disparate. Somos milhares, centenas de milhares de pessoas que o seguem, que o adoram. Confiam cegamente nele.

— É aí que está o problema. Trata-se de um exército. Agora eles sabem, sem nenhuma dúvida, que o Nazareno chegou para destruí-los, e pode conseguir. Sem dar-se conta, estão o ajudando, colaborando com ele.

— Como assim, um exército, Maria? Perdeu a razão? Esse povo não conhece armas. Esqueceu os ensinamentos? A pobreza, o amor em face do ódio e da violência?

— Essas são as armas dele, Levi, nossas armas. Não existe sobre esta terra arma mais poderosa que um pensamento contrário ao poder, à injustiça. Contra o poderoso, basta armar com uma só ideia o oprimido, a esperança e a possibilidade de participar na luta. A grandiosidade... Não se enfrenta o Templo com escudos, lanças e espadas. Além disso, há a crueldade de Roma – matam milhares de pessoas pelo atrevimento de apenas uma.

— O que Roma tem a ver com isso?

— Está cego, Levi? Por que acha que os zelotes se uniram ao Nazareno? Por que fazem parte dos seus discípulos? Para eles, o Nazareno é o enviado que libertará o povo judeu; desta vez, do poder de Roma. Lembre-se de Moisés, da libertação do jugo egípcio, da terra prometida, de tudo isso. Os zelotes farão qualquer coisa, qualquer uma, para conseguir a liberdade do povo de Israel, essa ideia torpe que eles têm de liberdade, de território, essa ideia de povo judeu.

Levi alisou a barba, deu a volta e se sentou nos degraus da entrada da casa. A noite havia caído, não muito fria. Faltavam poucos dias para a primavera, para a celebração da Páscoa, o momento em que, eu sabia, tudo iria se precipitar.

Havia passado cerca de três anos desde o dia em que ele me roubara os pescadores. A partir de então, aquele pequeno grupo de familiares do Nazareno havia se convertido em centenas de milhares de seguidores, motivo de ódio assassino para a cúpula política judaica e um estorvo para Roma, que via desordenar-se outra vez a região mais conflituosa do Império. Naquela época, as relações entre o governador Pilatos e o sumo sacerdote Caifás eram mais do que cordiais. Eles precisavam um do outro. A ordem nas terras de Israel beneficiava a ambos, e o Nazareno punha em perigo um equilíbrio que, como se demonstrou pouco depois, só precisava de uma desculpa para deixar de existir. Quando a luta é por território, e assim na imensa maioria dos casos, basta uma ideia para abrir a trincheira onde ambos os lados se enfraquecerão.

Em várias ocasiões, o Nazareno havia dito que iriam matar o filho de Deus ou que matariam o filho do homem. À época, não sabíamos a que ele se referia. Como poderíamos? Falava com ditames confusos, historietas para alimentar ignorantes e que se mostravam suficientemente nebulosas para cobri-lo com um manto de transcendência, algo que às vezes refulgia, outras vezes era só obscuridade, vísceras de peixes em decomposição. Ele assegurava que iriam matá-lo, não deixava espaço para dúvidas. Mas, por acaso, não falava também de eventos esquisitos, de um reino dos céus, de Deus como seu pai? Entre nós, ninguém acreditava que suas palavras eram literais, que anunciava realmente seu assassinato. Isso não era sequer uma possibilidade naquele momento.

É claro que, àquela altura, eu já sabia que o queriam morto, que precisavam dele morto. Que seja. Minha certeza de que aquilo não aconteceria era inquebrantável, de que no último momento escaparíamos.

As coisas que ocorreram depois não são tão fáceis de explicar.

Eu sabia que ele venceria, simples assim. Não me lembro do que eu entendia por "vencer" naquele momento. No final, tudo havia se convertido em uma loucura. É como quem rema, rema e rema com todas as forças até quase morrer para chegar ao fim do mundo e, quando o tem diante de si, não sabe o que fazer com aquilo nem como chegou tão longe, nem sequer sabe se queria estar ali. Por isso precisamos nos apressar, mas era impossível explicar tudo isso a Levi naquela noite em que ele desmoronou, porque nem mesmo eu sabia. Estava tudo ali, mas geralmente não se enxerga as coisas que estão por aí; há que se passar o tempo e a terra para dar-se conta delas.

E sim, passados tempo e terra, dei-me conta de que o único que sabia o que iria acontecer era aquele teimoso nazareno. Ele sabia desde o princípio, desde antes de roubar meus pescadores. Sabia porque foi ele quem urdiu e provocou isso.

— Vamos para dentro, Levi. Maldita umidade.

— Não choverá.

— Não, amigo, não choverá. — Eu olhava para o nada.

— Levante-se, Levi, temos pressa.

Coloquei-me atrás dele e o empurrei pelas costas para que se erguesse. Era um peso morto, e também me parecia um fardo esquecido por alguém há tempos. Na casa, as garotas aqueciam vinho doce.

— E se o matarem? — perguntou, emergindo do fundo de si.

— Não o matarão — assegurei, por assim acreditar.

— Como pode saber?

— Já há tempos digo isso a você. Temos que agir rápido. Serão muitas etapas, não será breve.

— O que faremos? — Finalmente falava como o cobrador de impostos do passado.

— A quem pode ceder o movimento dos recursos?

— Judas tem me ajudado faz algum tempo.

— O zelote?

Aquele homem estava na base de nosso segundo problema. Os exaltados da pátria, os violentos, os fanáticos do território.

Nunca soube qual deles acabou com a vida de meu pai. Soube, sim, que haviam descido as montanhas, que vinham de outras terras. Àquela altura, meu ódio por eles já havia se convertido em uma pústula seca dentro do meu coração, mas a mera presença dele despertava aquele resto de fel, uma pulsação de raiva. Judas não gostava de mim. Tampouco eu dele.

— Sim, o zelote.

Não era o momento para assuntos meus. Já andara muito chão para desenterrar fantasmas pequenos. Lutávamos contra a besta, uma estrutura maior cuja destruição, pensei, os arrastaria até convertê-los em pó.

29

Sabíamos que o Nazareno queria fazer uma última aparição pública antes de sua marcha a Jerusalém. Alguns dias antes reuni sua mãe, Maria, Salomé e Levi. Acompanhavam-nos as doutoras, algumas de suas pupilas e todas as garotas da casa.

— Precisa ser excepcional, deve criar uma impressão tal que a mensagem se espalhe imediatamente entre os milhares de pessoas presentes. Muitas delas vão a Jerusalém para a Páscoa. Devem levar a notícia.

Havíamos nos reunido ao amanhecer, no pavilhão de enfermaria. A primavera desprendia seu aroma com o primeiro sol. Havia chovido durante toda a semana, mas, naquela manhã, só restavam a umidade e o barro. Em qualquer outra ocasião, essa mudança de tempo que precede os dias quentes, essa despedida de chuva mansa, teria enchido meu peito com ideias de roupas e música. A urgência dos acontecimentos me fez perceber a falta de encantamento. Pensei que sonharia com o mar e com a riqueza de peixes na rede.

— Quantas pessoas você acha que estão acampadas entre Cafarnaum e Magdala? — perguntei a Salomé e Maria, responsáveis pela atenção àqueles acampamentos.

— Milhares de almas — respondeu Salomé de Zebedeu com uma expressão que dava a entender que poderiam ser tanto dez quanto cem mil.

— Está dizendo dez mil?

— Não — interveio a mãe do Nazareno —, são pelo menos dez mil famílias. Não pessoas, famílias. Não dá para contá-las. Ninguém conseguiria. A cada manhã partem para lá as crianças com seus balaios e carroças cheios do trigo que pegam aqui, e também na outra margem do lago. — Havia pesar em seu rosto, e uma névoa clara. — As provisões estão acabando, inclusive para nós.

— Temos recursos para anos, dos quais certamente não precisaremos. O que disponibilizamos, Levi e eu, não se acaba.

— Mas o trigo, sim.

A urgência me lembrou da náusea do medo. O medo, o fracasso e o primeiro agulhão da vergonha compartilham um azedume que vai da garganta ao olho.

— Precisamos de quatro dias e de todos os barcos e pescadores daqui, de Cafarnaum e de Betsaida. As famílias receberão em troca o dobro do que ganhariam normalmente.

Salomé e Zebedeu, os armazéns, as conservas, vasilhas e tonéis repletos estavam em minha mente. Um ânimo de conspiração foi se instalando no pavilhão, e quando saímos, tenho certeza, desprendíamos juntos tamanha energia que nossa luz iluminava mais do que a do sol.

Passados os anos, surpreende-me ter sido aquela a única ocasião em que senti a agitação da dúvida. Depois de tudo, a falta de trigo não poderia desbaratar o acampamento. Não o fez. Nosso esforço era tão insano que se impulsionava de mim para o futuro em um percurso marcado de certezas. Estava ali. A notícia correra em povoados e cidades, em todos os lugares se falava do Nazareno, de seu nascimento e ensinamentos.

Milhares e milhares de almas acreditavam que ele era o Messias enviado por Deus para libertar o povo judeu e guiá-lo mais uma vez, como Moisés, a um tempo de paz, prosperidade sem jugo e quem sabe quantas bobagens mais. Em meu caso, havia chegado aquele que poderia vencer a tirania, a brutalidade e o crime; sim, servir para vencê-los e me converter em alguém necessário. A ideia de vingar meu pai, o ódio que conservei em sal durante minha juventude em Roma, haviam se mudado para um lugar obscuro em meu coração, substituído pela vingança do sangue das garotas, das crianças. Não era só eu, eram os ventres estourados, a fúria contra a lei dos homens, o fim do reinado daqueles que amam o sangue. Ou, ao menos, uma vitória histórica sobre eles. Tínhamos a nosso favor os judeus, impositivos e ignorantes. Não poderiam permitir que aquele que era chamado de filho de Deus quebrasse suas leis. Não poderiam permitir que séculos de repressão e propagação de barbáries terminassem de um golpe só. Era tal a força que sentíamos, alimentávamos, contagiávamos, que empreendemos aquela loucura de peixes e pães sem duvidar nem por um instante de que teríamos êxito.

    Meu papel era singular. Minha euforia se embebia na mudança de uma impostora infecta em imprescindível benfeitora. Ambas confluíam em direção ao mesmo ponto: a riqueza.

30

Durante aqueles frenéticos dias de pescadores, redes e armazéns, aconteceu algo que iria mudar o futuro. O do Nazareno, o nosso e, pelo que enxergo agora, passado tanto tempo, o futuro de um povo. Tudo poderia desvanecer por completo.

Bem pela manhã, o Gigante havia aparecido com uma garota em seus braços, uma criança com a carne ainda tenra. Trazia a cara coberta por uma capa de sangue seco, barro e pó, e o cabelo colado ao crânio a socos. Também sangue nas coxas.

Tempos atrás, o Gigante havia decidido expulsar do pátio principal as famílias que se instalavam à medida que crescia o número de seguidores do Nazareno, e a cidade, as margens do mar, as estradas e os campos se abarrotavam de gente. Foi decisão dele e me pareceu correta, ainda que pouco importasse a minha opinião. O Gigante, assim como as doutoras e as meninas que viviam em casa, tomava decisões sobre o funcionamento e a ordem das coisas. Como acontece agora, aqui em Éfeso. Só assim a casa alcança sua harmonia, cada assunto e cada objeto vão se colocando em seu lugar, encaixam-se e dão serenidade ao corpo e ao espírito. Com alguém no comando, não funciona, tudo range. Isso só vale para exércitos e assuntos de trabalho. Nosso lugar era dedicado à ciência, ao ensino e, o que dá no mesmo, à cura.

Certo dia, o Gigante foi se acercando de cada uma das famílias do pátio. Com sua linguagem sem sons, fez-lhes entender que deveriam partir; com seriedade, foi acompanhando uma a uma à porta. Uma atividade que levou do amanhecer ao pôr do sol. Eram muitos homens e mulheres, a maioria com seus filhos, seus pertences, alguns com seus animais. Não me recordo de que alguém tenha oposto resistência, grosserias ou protestos. O Gigante havia compartilhado com eles água, trigo e pescados durante todo o tempo que permaneceram em casa, havia acompanhado seus feridos. Eles o viam de vez em quando carregar nos braços corpos surrados, arrebentados, moribundos, muitas vezes crianças, quase sempre de mulheres. O Gigante era um homem a se respeitar.

Na manhã em que aquela menina morreu, apareceu o enviado do fariseu. As mortes no pavilhão enchiam de amargura nossos corações e chorávamos em silêncio. Assim nos encontrou aquele mensageiro.

— Um homem de paz me enviou.

Ele permanecera no pátio, no extremo mais afastado das escadarias. Apercebi-me de sua presença e da forma com que evitava nos olhar. Sua indumentária era rica, com a discrição dos verdadeiros. Naquelas circunstâncias, fosse outro seu aspecto, eu seguramente não teria prestado atenção nele. Havia chegado o momento em que pobres, mendigos e fanáticos eram assunto apenas do Nazareno, e não meu, se é que em algum momento o foram. Decerto não era minha uma luta em favor da pobreza, mas da austeridade. Meus motivos estavam muito distantes de tudo aquilo. Recebi aquele homem por sua elegância sóbria e rica, por seu aspecto asseado. É isso. Que erro não ter feito o que devia. Mas isso era impossível. Lembro-me de ter sentido que ele tomava parte naquilo que iria acontecer. Essas coisas são pressentidas. Não era o primeiro fariseu que se apresentava em casa. Era diferente. Aquele recém-chegado, que se apresentou como um enviado, não demonstrava agitação. Mas sim um olhar carregado de prevenção e certo pudor, o que o levava a retorcer as mãos, entrelaçadas às costas.

— Venho da parte de um homem sábio, um homem do Templo — anunciou. — Chegamos após alguns dias de viagem desde Jerusalém. Ele gostaria, se possível, de conversar com o mestre.

— Que tenho eu a ver com o Templo de Jerusalém? — Essa simples menção me exasperava as vísceras. — Por que veio ao meu encontro?

— Disseram-nos que ele descansa nesta casa.

— Talvez amanhã.

Por que tomei tal decisão? Por que me permiti organizar tal encontro por conta própria? Nem mesmo quando a vida estiver fugindo deste corpo, e falta pouco, saberei de onde surgem as decisões imediatas, os palpites, as intuições que escapam a qualquer raciocínio. As doutoras especulam que poderiam vir do olfato. Quem sabe?

Naquela mesma noite, falei com o Nazareno.

— A Páscoa se aproxima — eu disse.

Ele me olhou com uma cumplicidade sem palavras. Àquela altura, já nos conhecíamos bem. Depois, sentou-se no chão, aos meus pés, e apoiou a cabeça no meu colo. O pó acumulado em seu cabelo entre meus dedos.

— Sim, a Páscoa — murmurava o que era, na realidade, um pensamento.

— Está seguro de seus passos?

Até aquele momento, não havíamos mencionado sua partida para Jerusalém. Simplesmente estava ali, de novo com uma certeza que não requer palavras.

— Volta a ter medo, Madalena?

— Desta vez, sim.
— E quando não? — me perguntou. — É uma mulher valente.
— A noite já cai sobre nós.
— Já disse, já repeti: matarão o filho. Vão elevá-lo.
— Querido, sei que não diz palavras vãs, mas não o matarão.
— O que significa morrer?
— Sei que significa se salvar, Nazareno. Mas, salvar a quem? Quem escolhe? Quantos morrem? E, sobretudo, morrer para quê?

Eu falava sem levantar a cabeça, enquanto despregava o barro de seus cachos. Havia voltado a chover e uma fragrância de terra úmida chegava desde o pátio.

— Amanhã, a esta mesma hora, precisa estar aqui, Nazareno.
— Sempre estou aqui. — Deteve minhas carícias. — Digo, estou sempre aqui, também.
— Chegou um homem de Jerusalém, um mestre do Templo. Viajou com a única intenção de falar com você.
— Ele saberá, então, das coisas que vão acontecer.

Aproximou o rosto do meu; vi que seu olhar estava ensombrecido. Temi ter me precipitado, mas não era o momento. Tudo estava pronto.

— Falará com ele?
— Farei o que ele deseja — assentiu com a cabeça. — A noite se aproxima. Ele escolheu a noite. Eu soube que hoje morreu por aqui uma garota.
— Mais uma. A cada vez, repito para mim mesma que nossa maior obrigação consiste em nos acostumarmos com a morte.

Ele se levantou e se moveu até ficar às minhas costas. Afastou meu cabelo, apoiou minha cabeça em sua barriga.

— É a dor — disse.

31

ERA A DOR. A DOR EXIGE DISFARCES. A VERDADEIRA, A ÚNICA, não as milhares de dores. Essa dor tão descomunal que o faz somente dor, escorpiões e sangue.

Disfarces, sim, é isso. Por baixo, dentro, o rancor e a vingança crepitam com o som de ossinhos de aves a se quebrar. Você inventa uma risada, uma inédita e, a cada gargalhada, enfia a mão no peito, agarra um passarinho e o aperta até sentir como o esqueleto quase inexistente faz crec, crec, crec, quebra-se em seu punho. E outro passarinho, e outro, e assim por diante. Vai enfiando a mão no centro do peito, junto ao coração, puxando pardais, espremendo sua fragilidade, não as asas, o corpo, até que morrem, o que acontece de imediato. A gargalhadas, com a risada recém-inaugurada atapetando seu entorno de pardais cadáveres.

O disfarce não é limpo, nem são, nem elevado. Alimenta-se de inocentes. Se você admitisse sua brutalidade, se se permitisse tal debilidade, toda a construção criada para o salvar desmoronaria e de novo seria só dor. Aqui está a escolha: matar ou morrer. É nisso em que consiste e deve-se optar. Morrer de dor ou se disfarçar para seguir vivendo, ainda que, em troca, mate a inocência e tudo o mais apodreça. Então, o próprio ato de decidir não morrer inclui a condenação à solidão. Por dentro, enjaulados em rancor e vingança, revolteiam-se os passarinhos a serem sacrificados. Seus passarinhos.

Em Roma, escolhi o disfarce. Escolhi não morrer, como se vê. Optei por solidão, rancor e vingança. Inventei uma nova risada, aberta e selvagem, alguns passos que esmagam o que se cruza pelo caminho e essa graciosa frivolidade que se decora com moedas. Isso decidi e nisso trabalhei durante os anos de minha infância e juventude depois – e por causa – do assassinato de meu pai, convivendo com aqueles com quem ele lidou toda a vida.

Rancor e vingança.

Essa em que eu havia me convertido foi a que regressou a Magdala entre risadas e sedas. Aquela que voltou não era fruto do acaso, não havia me convertido nela por obra do salitre mineral que cobre de madrepérola todo corpo com o movimento do mar. Nem isso nem a vida, tão curta vista de agora, haviam feito de mim aquela mulher rica, poderosa, frívola e sozinha que regressava a Magdala. Havia sido uma escolha. Minha escolha.

Tudo isso porque devo voltar, outra e outra vez, a explicar a mim mesma – a essa altura! – de onde surgiu minha participação naquela loucura do Nazareno, de seus discípulos, dos zelotes, das mulheres esperançosas, da desobediência. Aqueles tempos que se aceleraram até descambar no inevitável. Depois de tantos anos, sentada aqui diante destes meus escritos, por fim descubro com clareza que se tratava de me despojar daquilo, queimar o disfarce, abrir a boca e vomitar um voo de aves vivas. Desnudar-me e apagar com a nudez toda solidão.

Era a dor. Tanto tempo passei sendo outra que acabei não encontrando a jaula, não me dei conta de que estava mal-ajambrada, que o rancor e a vingança haviam voado, que já não havia jaula. Sobrava a dor, mas uma dor velha e encrustada sobre a qual se instalou, muito maior, o medo de fracassar nessa jornada.

Mas, então, eu já havia decidido me unir a ele.

32

Homens como Nicodemos não gostavam de mim. Ele fazia parte do Sinédrio, seu poder político e religioso era enorme; ninguém em toda a Judeia ignorava sua fortuna ou sua proximidade com o sumo sacerdote Caifás, e, no entanto, não pertencia exatamente a tudo aquilo. Meus receios em relação a homens como ele não eram infundados. Representam o poder, pertencem ao poder, mas de tal forma que o convertem em algo suave, emprestam-lhe certa humanidade, adoçam-no. São aqueles que dizem compreender os assuntos do poder, os explicam morosa e didaticamente – como se alguém tivesse dúvidas sobre de que se trata – e afirmam crer em suas bondades. São os homens com poder e sem cinismo. Há que se fugir dos poderosos sem cinismo.

O varão poderoso, o verdadeiro, o cínico, jura trabalhar pelo bem dos pobres, dos súditos, jura ditar leis e as aplicar para que o mundo seja mais justo, para instaurar uma ordem que declara imprescindível e que tudo se converteria em um campo de morte e caos sem ele e suas normas. No entanto, esse varão poderoso e eu sabemos que não é assim. Tudo consiste em um acordo tácito segundo o qual ele e seus pares imporão a violência para seguir acumulando poder e bens. Em troca de minha obediência e minha farsa em acreditar neles, permitiram-me seguir com a minha vida. Mas não é certo. Eles matam, eles com certeza me matarão, de qualquer maneira, e podem fazer isso em qualquer momento sem nem sequer apresentar uma única razão. Suas leis servem para matar, seus exércitos servem para matar, os guardiões de suas normas servem para matar e seus sequazes matam, somente matam, é para isso que existem. Tudo neles cheira à morte, ao ato de matar, até o ponto em que convertem isso em algo normal, cotidiano, natural.

No entanto, há entre os poderosos um grupo ainda pior, o daqueles que realmente acreditam no que dizem, nas leis que ditam. Homens que creem haver um deus que designa o dia em que se deve descansar, bem como o castigo a se infligir a quem desobedecer; que há um deus que designa quem deve morrer e por quê, e inclusive como fazê-lo; que são justas as leis pelas quais se pode apedrejar alguém até arrebentar seu corpo e sua vida. A idiotice sem fim; encarnam a idiotice sem fim e tornam-se perigosos. São homens que se consideram sábios e se dedicam a buscar minuciosamente explicações convincentes sem se dar conta de que só podem dedicar sua vida inteira a isso por serem, precisamente, homens que se acreditam sábios e que têm todo o tempo dado por seu deus para fazê-lo. Nicodemos era um desses.

Seu primeiro encontro com o Nazareno aconteceu no pátio de casa, conforme combinado com o mensageiro. Não foi preciso que a conversa começasse para eu compreender de que tipo de homem se tratava. Salomé havia expressado sua desconfiança durante todo o dia. Ela, Maria e as garotas lidavam com o pescado, o trigo e as conservas, suavam e davam o sangue, de modo que seu temor tinha fundamento, não poderiam estar fazendo aquilo por nada. Nada de bom poderia vir dali. No entanto, o Nazareno havia decidido ir, naquele ano, celebrar a Páscoa em Jerusalém e eu tinha certeza de que finalmente tentariam assassiná-lo, e que o ataque viria diretamente do Sinédrio. Não rechaçariam um personagem como o Nazareno, nem nosso movimento, por razões religiosas, mas, sobretudo – e o que dá no mesmo –, por razões políticas. Poder e obediência. A visita de Nicodemos nesse momento não poderia ser casual; deveria estar trazendo, com certeza, alguma mensagem, ameaça ou algo pior.

Logo que o vi, compreendi meu erro. Aquele homem não era um enviado político ou religioso. Nem era sequer um enviado. Aquele era um homem bom. Ou seja, o pior que poderia nos acontecer, o mais inútil. Assim pensei: que inútil tudo isso neste momento efervescente, definitivo, agora que não temos tempo a perder.

Quanto me equivoquei... Quanto nos equivocamos quando acreditamos poder controlar o tempo e seus assuntos, as horas e os acontecimentos.

Apesar de tudo, permaneci com eles durante a primeira parte da conversa.

— Como voltar a nascer depois de nascido? — perguntou Nicodemos sem rodeios após se apresentar.

— Diga-me você — respondeu o Nazareno.

— Como, pertencendo a uma doutrina, comprometido e crente, pode-se nascer em outra fé sem abandonar a primeira?

— Vem a mim para me colocar à prova?

— Não. Vim porque creio que você é importante. Senti um chamado. Trata-se da ideia de voltar a nascer.

Toda doutrina tem sua perversão. A passagem do tempo e dos homens que a atravessa acaba por pervertê-la, modificá-la e corrompê-la. A doutrina requer, então, ser interpretada mais e mais vezes. Era disso que se tratava, mas aquele homem não podia aceitar de imediato. Se demolisse tudo o que construiu sem o cinismo, todos os seus anos de reflexão inventando justificativas, também ele teria caído, fulminado ali mesmo.

— O que ganha um homem que deixa de trabalhar no sábado? — perguntou o Nazareno.

Nesse momento, uma cigarra despertou e seu ciciar marcou o ritmo da conversa.

— Uma ordem?

— A possibilidade de um castigo, a invenção de um castigo, a justificação da violência e da hierarquia.

Nicodemos ficou calado um bom tempo, e o Nazareno retomou a conversa.

— Que veneno carregam os gentios, as mulheres e os infectados que os proíbe de sentar-se à sua mesa?

— Assim dita a Lei — contestou o sacerdote.

— Minhas leis refutam cada uma das suas. O poder delas é tamanho que não procede de mim, mas do alto. Em pouquíssimo tempo, o que dura uma batida do coração, centenas de milhares de homens e mulheres, independentemente de sua condição, compreenderam minha lei e a aceitaram. Você se pergunta por quê. Pergunta-se também de onde vem. E de onde procede a sua lei.

Tratava-se de uma conversa em que aquele que pretendia representar a humildade exsudava uma soberba simplória, quase infantil. Provocou-me um rubor.

Desviei a atenção dos homens quando as vi sair. Três doutoras acompanhavam Ana. Fazia já um tempo que suas pupilas haviam deixado a casa. As mestras saíam descobertas e o cabelo branco de minha querida marcava o caminho. Nunca poderia se saber qual, mas era um caminho sereno. Estávamos conversando nas escadarias quando o Nazareno se aproximou acompanhado do poderoso Nicodemos, cujas roupas, habitualmente elegantes e imponentes, ficavam ridículas entre as mulheres da casa e sua despojada austeridade. O Nazareno murmurou algo ao ouvido de Ana e ela se levantou sem olhar para o recém-chegado. Dei-me conta, surpresa, de que iriam se dirigir ao pavilhão das doutoras. E as cigarras eram um coro. Tudo já estava acontecendo. Por isso, não importava o passo que dariam. Estávamos conscientes de que algo – o quê? – estava a ponto de se acabar para abrir caminho a outra coisa. Naquele momento, não podíamos saber o que eram esse "algo" e essa "outra coisa", não sabíamos em que acabaria aquele impulso feroz que nos mandava para cada vez mais longe, mais acima, mais depressa. Uma loucura. Participávamos da soberba do Nazareno, e essa descoberta havia nos lançado com tanta força, elevando-nos, que aquilo só poderia nos arrebentar e dispersar nossos pedaços contra o céu. Ana não começou a falar até que cruzasse a porta do pavilhão. Sua voz era calma e sóbria, sem severidade. Os homens se dobraram à sua autoridade.

— Nós, mulheres, somos invisíveis. Salvamos vidas e isso poderia nos custar as nossas. Buscamos e compartilhamos conhecimento, por isso ninguém pode nos enxergar, ainda que nos vejam.

Ali dentro, um silêncio delicado; para além, o crepitar dos insetos.

Ana foi percorrendo as salas, explicando cada uma sem firulas nem jactância. "Aqui, a de partos e cirurgias; aqui, onde acontecem as aulas; aqui, a de leitura." Aquela mulher conhecia a dor profundamente, abismalmente. Não a minha dor de jaula, mas a outra, a física, aquela que a morte verdadeira abraça. Por isso seu andar moroso destilava orgulho e desafio.

— O que vocês ensinam? — perguntou o doutor do Templo.

— Tal como se conhece o corpo, conhece-se o que somos.

— E o que somos?

— Estudamos o funcionamento da carne, as obras dos homens e seus escritos, a trajetória dos astros, o movimento das coisas e os números.

— De onde vem esse conhecimento?

Foi a primeira e única vez em que Ana olhou nos olhos daquele que se intitulava mestre nas Leis de Deus e dos homens.

— Nós, mulheres, nos fazemos perguntas. — E então, dirigindo seu olhar ao Nazareno, acrescentou: — Contrapomos a pergunta à ordem, à fé cega e à certeza. À morte, contrapomos a vida.

Depois, sem se despedir, seguiu com as mestras que a esperavam do lado de fora.

— Quem crer em mim viverá para sempre — disse o Nazareno a Nicodemos quando ficamos a sós.

Que frase desnecessária, que banalidade.

33

Nós, MULHERES, HAVÍAMOS NOS OCUPADO DA ALIMENTAÇÃO durante todo o tempo que duraram as prédicas do Nazareno nas terras da Galileia, um tempo que, algumas vezes, recordei como bem longo, mas agora, em compensação, chegando a este ponto dos meus escritos, parece-me um instante. Eu, Ana e as doutoras, suas pupilas, Maria, Salomé e também as mulheres de Magdala e Cafarnaum nos ocupamos das coisas práticas, da higiene e de cuidar daquele homem teimoso, oferecer-lhe um lugar onde descansar, dormir e recuperar o corpo, ser amado sem estridências. Cedi, como Levi, parte de minha fortuna por suas ações. Além de tudo.

Assim foi também durante sua última aparição pública antes de partir para Jerusalém, quando suas coisas estavam chegando ao fim.

Tínhamos tudo pronto na manhã em que Levi correu para nos avisar de que aquele era o dia. O mar havia amanhecido sob um céu dócil que não ameaçava chuva ou mudança. Em parte, aquilo nos aliviou. Temíamos desmaios ou choques fatais. As forças daquelas pessoas estavam muito abaladas depois de meses, em alguns casos mais de ano, vivendo mal nos acampamentos. Não estávamos preparadas para isso.

Tinha sonhado que Ana não era Ana, mas um grande monte de oliveiras, e eu chorava por não poder abarcá-lo; agarrava-me à sua encosta como lagarto confundido com a areia, e que era areia.

Ainda que repetíssemos para nós mesmas o contrário, não estávamos preparadas para nada do que iria acontecer a partir daquela jornada. Quem pode prever os pensamentos, as decisões de um homem disposto a tudo, enlouquecido ao máximo, após ter comprovado que seu pensamento e suas palavras movem montanhas e estripam as leis. Um homem alimentado de si mesmo que faz de sua existência uma fantasia ou nada. Não cabe meio-termo.

Aquela vez, os discípulos que seguiam o Nazareno, seus homens, com o Gigante à frente, nos ajudaram. O alimento procedia sempre de algum lugar a que eles não acreditavam pertencer. Aqueles homens postulavam o amor, como o próprio Nazareno, e me pergunto o que pensavam significar "amor". De que se tratava amar, segundo eles, se não se alimenta, se não se cria nem se tece, se não se cuida da limpeza e das enfermidades? Sigo me perguntando agora o que e como amavam, em que pensavam ou se ao menos pensavam em algo. Lembro-me do ensinamento, também do Nazareno, de amar o outro como a si próprio. Talvez poderia ter dito amar como é amado, o que seria impróprio de alguém que levou embora meus pescadores, provedores de alimento, para convertê-los em homens dependentes da generosidade alheia. Dependentes. Mas essas são coisas minhas, que não disse a mim mesma até que se tivessem passado muitos, muitíssimos anos. Talvez, quem sabe, ele se referisse a isso também. Tudo está sendo pervertido agora.

Aquele dia, nós, as mulheres da casa, chegamos ao porto de Magdala pouco depois do amanhecer, a tempo de ver como o Nazareno, acompanhado de alguns de seus homens, subia em um barco e se fazia ao mar. Isso tampouco estava previsto, simplesmente porque não se podia prever. Está escrito. Um homem, outro homem, e outro, e outro e o Nazareno partindo. A suspeita da fuga nos secou a boca e fez tremer as pernas. Não nos olhamos, todas com a vista fixa no mar. Não nos dissemos nada. Não nos movemos.

Durante os últimos dias, o pão havia sido sovado em todos os lares de todas as cidades e povoados próximos aos acampamentos – que por si só já eram uma cidade. Meus armazéns transbordavam de peixe em conserva, como nos depósitos de Cafarnaum, Betsaida, Tiberíades... Toda a produção de todos os pescadores da região, nosso trabalho e nosso esforço, estavam resguardados para aquele dia. Levi havia se ocupado de lhes pagar metade do valor acordado. Receberiam o restante depois de nosso empreendimento, seja qual fosse o resultado. Nenhuma de nós pensávamos nisso enquanto víamos o barco partir. O mar da Galileia é só um lago grande. Pensei isso. Não podem ficar parados no centro.

Com a vertigem do fracasso, sentíamos como se nosso peso fosse sumindo. O medo nos apressa para que os pés não toquem a terra e não nos afundemos.

Que mesquinhez de nossa parte, que soberba. Desde o princípio havíamos nos colocado no centro de tudo o que iria acontecer, mas nós não estávamos nesse centro, e sim aquela turba fiel, tenaz, os milhares de homens e mulheres que permaneciam ali instalados, famintos de esperança, de algo a que se agarrar para que a vida tivesse um sentido para além do sofrimento. Uma turba de homens e mulheres tão alheios do poder e da riqueza que, surpreendidos, pensavam – e certamente era o caso – estar participando de um momento extraordinário da história do povo de Israel.

Eles nos guiaram até nosso destino.

Aqueles que, ao amanhecer, viram partir o Nazareno por mar, seguiram por terra o curso de sua embarcação. Correu a notícia de tal forma que acabou sendo impossível desembarcar sem que a multidão estivesse por ali. Qualquer que fosse a margem, ele seria recebido por uma imensidade de gente, a notícia iria correr, eles se multiplicariam. O Gigante começou a andar com suas passadas de colosso e corremos atrás dele, recuperamos o peso, cumprimos nosso papel. Já não havia maneira pela qual o Nazareno pudesse escapar do impulso ao qual havia ligado nossa existência e nosso futuro, atadas ao avassalador triunfo de uma ideia: as coisas podem ser diferentes. A possibilidade de não se resignar, de desobedecer. Também a necessidade de causar dano e destruir. Causar dano.

De fato, quando ele pisou em terra no começo da manhã, primeiro centenas, depois milhares de seguidores simplesmente correram para estar ali porque ali estava ele. Não estou segura de que esperavam que algo ocorresse, nem sequer de que isso desejavam. Só estavam ali, simples assim. Haviam passado mais de um ano, alguns mais de dois, seguindo a quem, não tinham dúvidas, era o Messias, o filho de Deus. Passaram gerações esperando por ele, desde tempos imemoriais, e finalmente tinham-no ali. Eles haviam sido os eleitos entre todos os homens, de todos os tempos, para ser testemunhas de sua existência nesta terra. Como não permanecer?

Caía a tarde daquele dia úmido e suave, cinzento de primavera, quando conseguimos abarcar todos os cantos da multidão e nos certificar de que a atenderíamos por inteiro. A voz do Nazareno só chegava aos mais próximos. O restante se conformava com palavras que corriam de boca em boca e com a vaga ideia de participar. Algumas mães amamentavam. Não ficara ninguém de pé. Homens saíam para urinar e voltavam a passo lento, arrastando os pés. Os meninos o faziam ali mesmo, onde estivessem. Passadas as horas, espalhava-se um cansaço evidente e contagioso, um odor espesso que em pouco tempo se tornaria insuportável. Os mais velhos dormiam tombados em montículos, a carne encolhida. O que esperavam? Como de costume, um sinal, algo que renovasse e sustentasse a sua confiança. Por todos os lados se escutava o pranto dos pequenos, famintos, fartos das horas e dos insetos.

Então nos pusemos em ação. De cima de uma carroça de pães, o Gigante lançou ao ar o primeiro gesto. Nós mesmas o seguimos e depois, de um lado ao outro, aqueles que se uniram a nós começaram também a repartir os pães e os peixes que passáramos dias acumulando, conservando. Uma pequena organização composta por uma centena de mulheres, alguns homens e os meninos, cujo trabalho na distribuição de víveres para os acampamentos havia se provado imprescindível. Logo eram centenas, aqueles que se uniram na partilha de alimento. Homens e mulheres saíram do torpor em ondas circulares, formaram cordões de isolamento, as crianças passaram do pranto ao nervosismo e à celebração simples, humilde, de algo que acontece inesperadamente e é festivo. O alimento surgia de lugar nenhum no momento em que o ânimo já se esgotava.

O alimento.

"Outro prodígio do Nazareno!", ouvi gritar uma das garotas perto de mim. Do outro lado, outras também cumpriram seu papel. Ninguém se importava com os balaios aos nossos pés, com as carretas que as crianças empurravam de um lado a outro, com a presença de um gigante sobre uma carroça, próximo da margem. "Glória ao filho de Deus", aqui e ali. O povaréu levantava as mãos com pedaços de pão como bandeiras, gritando, "Milagre, milagre!", "Louvado seja o Messias!".

Poucos dias depois, quando chegou a Páscoa, toda Jerusalém conhecia o prodígio, e o prodígio era descomunal. Alimento.

Curar uma doente ou um moribundo supunha algo extraordinário, sim, mas dar de comer em minutos e em um lugar sem provimento a milhares de famílias e a seus filhos exaustos não tinha comparação com nada visto até então. Havíamos conseguido converter as maravilhas do Nazareno em uma única voz estrondosa, centenas de milhares de vozes em um só coro.
    Aleluia.

34

O cheiro era de fezes e urina. De merda, de sangue. Imobilizada pela multidão, vi uma mulher que, com a cara empapada de lágrimas, arranhava os próprios olhos, arrancava seu lenço e o enchia de barro. Chamava atenção entre uma barafunda de varões. Uma criança pequena se agarrou à minha perna direita. Era impossível me safar, nem sequer mover a mão o suficiente para segurar-lhe um bracinho, desprendê-lo de mim.

Não sei de quem foi a ideia do jumento. Ali em cima, o Nazareno parecia uma cabeça iluminada. Todos nós, uns iluminados. Temíamos perder a mãe dele. Maria parecia um animalzinho com os pés atolados no lodo. Ana e as doutoras optaram por permanecer fora da cidade. Não era lugar para elas nem para nenhuma mulher. Urina, fezes, roupas, barro. Alguém gritou: "É o filho de Deus! Aleluia!", e a massa de cabeças, a massa de bocas desdentadas uniu-se ao coro de "Filho de Deus. Aleluia. Filho de Deus". "É o Messias!", gritou o jovem agarrado à mulher que havia se arranhado. Pensei por um momento que o menino a meus pés poderia ser seu filho, ou de alguma outra, que acabaria perdido, que não se importavam de perdê-lo nem de perder a vida. Ao meu lado, o Gigante me amparava e impedia que caísse.

O jumentinho nos havia fascinado, "Ah, vejam, sou humilde, somos humildes, não como vocês, fariseus, sacerdotes". Pensei em cavalos, em centúrias, pensei em exércitos, quanto seria melhor um cavalo, quanto seria melhor pisar aqueles milhares de pés que desejavam ser pisados. Aquele animal abria caminho a duras penas, avançava com seus cascos sobre gritos, não sobre pés, mas sobre prantos que logo se tornaram expressões que as pessoas iam lançando em seu trajeto. Vi João e Tiago de Zebedeu lá adiante, empurrando para abrir caminho. Voltaram-se na direção do Gigante, que não deu um passo para os ajudar. Sua função era outra, ao meu lado. Um homem afastou André com um golpe que o fez desaparecer. O discípulo emergiu de novo, sujo, arrumando os cabelos com as mãos de barro. As pessoas tinham que tocar o jumentinho como uma forma de alcançar o seu Messias. Tentavam arrancar os pelos do animal, que coiceava. E atrás dele iam caindo no chão seres que já não pareciam pessoas às quais parecia faltar algo. Lá de cima, apenas de cima, o Nazareno sorria como se não singrasse um cardume humano, a argamassa homogênea da qual emanava um êxtase de humores. Pensei que eram incapazes de controlar seus esfíncteres, ao menos nesse estado. De um lado e do outro da besta, Simão Pedro e Judas se empenhavam em tocar todas as cabeças e todos os corpos, pousar as mãos, bendizê-los em nome de algo santo, sagrado. "Cura nossos filhos", "Salva nossa terra", "Bendito és tu", e de novo o cântico "Filho de Deus. Aleluia. Filho de Deus. Liberta-nos. És o enviado, és o enviado!". O homem que havia golpeado André convulsionava com os braços para o alto. A humanidade inteira parecia ter se concentrado em um lodo espesso de corpos que devíamos atravessar. Um jumento. Quem havia tido a ideia do jumento?

Pensei que nada mais pararia aquilo. Ajudada pelo Gigante, ergui-me por um momento para tentar ver até onde chegava a loucura. Não acabava. A massa não tinha fim. Sobre o jumento avançava sua ideia de salvação. Alguns pensavam no espírito. Outros, na guerra. A maioria eram somente corpos empapados em suor, entregues ao transe.

    Pensei que era definitivo. "Liberta-nos", gritavam. Libertá-los de quê? O que estavam pedindo? O que gritavam? O que exatamente celebravam, o que estavam esperando de nós? O fedor aumentava à medida que o animal abria caminho, nós com ele. Nos olhos de Salomé pude ver surgir e desaparecer algumas vezes a possibilidade do sumiço. Gritei para que ela agarrasse Maria, que saíssem, que se agachassem e se dirigissem até uma das ruelas. Olhei para o Gigante que, meio vacilante, as suspendeu e as fez desaparecer. Os homens do Nazareno iam rodeando, de pouco em pouco, a estranha imagem de um homem reluzente sobre uma besta que ninguém conseguia enxergar. Seus zurros marcavam o ritmo, serviam de base para a salmodia. "Zacarias!", gritou uma voz ao longe. "Zacarias o anunciou!", repetiu alguém a uns poucos metros de mim. Voltei-me para vê-lo. O homem que insistia em relembrar as palavras do profeta levantava um bebê sobre o povaréu. Vi a criança cair. Dei um grito, mas aquele pequeno não chegou a tocar o chão; passou de mão em mão, por cima das cabeças. Tentavam fazê-lo chegar até o Nazareno. Depois o perdi de vista, ou desapareceu.

    Quando o jumentinho chegou onde eu estava, agarrei-me à túnica de Barnabé. Havia ficado sozinha. Rodeei sua cintura a duras penas. "Não me deixe", gritei, certa de que não podia me ouvir. Depois de uma hora, duas horas, sabe-se lá quantas, avançando arduamente, a multidão pareceu se dispersar, mas as patas da besta se enredavam nas roupas espessas de barro e secreções. A cada pedaço de terreno conquistado, cruzávamos com homens ou mulheres que tinham caído no chão, não se podia saber se de emoção ou se agredidos.

Um mendigo se aproximou de nós a cotoveladas e mordidas, escalando os corpos. "Vão matá-lo. Matarão a todos." Judas o jogou para trás com um murro, na direção da garupa à qual Barnabé se agarrava, e eu com ele. Aquele homem aproximou a boca da minha, a boca negra de dentes faltando. "Matarão a todos. Eu sei. Meus ouvidos não me enganam. É o que dizem." Eu tentava me apartar de seu hálito. "Estão aqui. Esperando vocês. Não enxerga? Estão esperando vocês. Vão morrer."

De repente, não tive dúvida de que iriam nos matar.

Como quando a gritaria é tão selvagem que supera o limite do suportável e parece ocorrer embaixo d'água, sendo apenas um eco de fundo; assim me pareceu então. "O filho do homem será entregue nas mãos dos homens e o matarão." Vi a cabeça de Simão Pedro bem diante de nós, manejando a rédea. "O filho do homem será entregue nas mãos dos homens", havia dito o Nazareno, dolorosa e serenamente. A imagem era tão clara que eu podia rememorá-la com exatidão sobre as cabeças de bocas violáceas gritando sem que pudessem ser ouvidas, sobre a mulher que vomitava diante do jumento, diante do homem que me empurrava para ocupar meu lugar. Simão Pedro havia se levantado para ouvir aquelas palavras. Quanto tempo desde aquilo? Três semanas? Dois meses? "Será entregue nas mãos dos homens. E o matarão." Naquele dia que já parecia distante, de outra vida, o poço sem fundo do olhar de Simão Pedro encheu-se de ira ao ouvir isso. Todos pudemos ver. Não se encheu de pena, não de medo, mas de uma ferocidade animal. "Nããão!", gritou com o nariz colado ao de seu mestre. O Nazareno deu um passo para trás. Sua tristeza era de chorar. Levantou a mão direita, apoiou-a na boca daquele que ousava não compreender, que se negava e entornava ira contra o seu anúncio amargo, e algo se quebrou entre eles.

Os prazos, as horas, os dias e os anos iam perdendo toda a consistência. Quanto tempo levávamos avançando sobre aquele limo de restos extremos? A marcha havia se detido; pareceu-me que, definitivamente, já era um todo compacto, que os esqueletos de uns e outros já haviam se encaixado. Uma construção. As pessoas que vimos cair com os olhos virados, que arrancavam os cabelos, os homens cujas vestimentas eram apenas barro e excrescências, as bocas das quais vimos verter a espuma da insânia, haviam ficado para trás. Diante de nós, uma massa serena parecia mal tocar o solo. Quando voltei a mim e recuperei a audição, restava apenas o manso entoar dos salmos.

Assim chegou o Nazareno diante do Templo de Jerusalém, entre um murmúrio de elevação que ia se dispersando para deixá-lo passar. Vi ao longe Maria e Salomé espreitando desde uma ruela. Atrás delas, o Gigante negava com a cabeça. Jamais havia visto tamanha preocupação naquele olhar que era toda a sua linguagem. Cheguei penosamente até onde estavam. O Gigante envolveu-nos, as três, com seus braços e nos obrigou a entrar no pátio vazio de um grupo de casas humildes. Sentamos exaustas no chão, apoiadas contra uma moenda disposta ao centro.

35

DESPERTEI EM UM SOBRESSALTO POR CAUSA DO MOVIMENTO de um peso junto ao quadril. Eu dormia encostada, apoiada no braço do Gigante. Era o peso da cabeça de um homem. Antes de me mover, observei os arredores. O pátio havia se convertido em uma desordem de seres que ainda dormiam enrodilhados. Fardos largados. Separei meu corpo do corpo do homem, o Gigante abriu os olhos e começou a clarear. A mãe do Nazareno reuniu toda a sua fragilidade e olhou ao redor, estupefata. Pensei em um esquilo. Ambas esquadrinhamos os que dormiam, buscando algum dos homens do Nazareno. Assim permanecemos algum tempo – quanto? – à espera de que alguém nos fizesse chegar um dos pedaços de pão que víamos circular de mão em mão. E água. Na noite anterior, nós os havíamos deixado no Templo, atentos às conversas de seu mestre com escribas e fariseus. Não era lugar para nós, mulheres.

Os peregrinos, chegados para celebrar a Páscoa, já abarrotavam as ruas de Jerusalém.

Saímos amparadas pelo Gigante, embrenhamo-nos entre aqueles corpos e nos deixamos arrastar pela massa que avançava em uma direção, não importava qual. Era impossível avançar. Não caminhávamos, aquilo era outra coisa. Não se podia dar um passo para o lado, contornar os corpos, afastar-se das carnes alheias. Um homem vendia tâmaras na entrada de um pátio; mais adiante, vimos aguadeiros em alguns pórticos. Andávamos tão lentamente que nem sequer era necessário parar para comprar um gole de água fresca. Tampouco poderíamos. Entre Salomé e eu, a mãe do Nazareno avançava como que pairando. Parecia-me que seus pés não tocavam o chão.

Ao chegarmos a um trecho em que as ruelas adjacentes pareciam praticáveis – abarrotadas, mas praticáveis –, o Gigante foi nos empurrando até a parte da corrente humana colada aos muros. Foi então que vimos como, de um desses pórticos, um homem o apontava. Ele e eu o vimos. O grupo que o rodeava nos olhou com ferocidade. Naquelas condições, era impossível apertar o passo. O mesmo para eles, se fossem penetrar o mar humano que nos arrastava para chegar a nós. Naquele instante, o Gigante abriu os braços, afastando sem maiores cuidados aqueles que nos rodeavam, que não se atreveram a protestar. Abraçou-nos e, como quem luta contra uma grande besta, cabeça a cabeça, homem contra massa humana, meteu-nos em um pátio atropelando o homem que oferecia alguns doces à porta.

Durante um bom período, já lá dentro, o Gigante não nos soltou e nem nós tomamos qualquer atitude para nos afastar dele. "Matarão a todos", me lembrei. Quem era aquele estranho que havia dito isso no dia anterior? Lembrei-me de algo sobre suas declarações. Não era um enviado. Era uma testemunha casual de nossa sentença de morte. Poderia ter estado próximo daqueles homens da ruela, que nos apontaram. Poderia ter passado fortuitamente ao lado deles quando faziam isso. Mas em Jerusalém a Páscoa reunia dezenas de milhares, centenas de milhares de peregrinos. Poderia simplesmente espalhar a ameaça de morte.

Fiquei surpresa de estar assustada. Eu também era uma idiota.

— Vão nos matar — eu disse. Nem Maria nem Salomé mostraram surpresa, e meu estado de espírito se encheu de uma multiplicidade de ruelas e grupos de homens.

— Nós não somos ninguém — respondeu a mãe do Nazareno enquanto olhava para o Gigante. — Nós não existimos, não nos veem.

O vendedor havia regressado ao seu posto na entrada do pátio; do lado de fora, a massa seguia em seu avanço de gigantesca cobra sem fissuras. No interior do recinto, dezenas de homens pareciam descansar, alguns deles conversavam, outros dormitavam. O sol, no ponto mais alto, lembrou-me de que no fim das contas não havíamos comido ou bebido. Quatro casas se abriam para o pátio central. Desatei-me do Gigante e entrei em uma delas. A Páscoa era um tempo de hospitalidade, mas também de ganhos.

— Temos sede. Somos quatro. Tenho dinheiro.

O interior era outro lugar, outro mundo. Nada do que sucedia lá fora havia penetrado a fresca serenidade do lugar. A mulher que trabalhava junto ao fogão me olhou sem simpatia. Eu jamais havia pisado em um lugar tão humilde, mas nenhum palácio me parecera tão invejável e me arrependi de ter feito alusão ao dinheiro.

Apesar do cansaço, do meu semblante deteriorado e da sujeira, meu aspecto não devia parecer pobre ou ameaçador. Não, não era. Ela me estendeu uma jarra de água fresca e eu deixei umas moedas sobre a mesa. Mais tarde, ela saiu para nos buscar, ofereceu-nos água, um pouco de pão e frutas secas. Pedi abrigo até a chegada da noite e voltei a depositar algumas moedas no mesmo lugar das anteriores, que tinham sumido.

— Partiremos à meia-noite — eu disse a ela.

O Gigante apontou para nós três. Estávamos cansadas demais para tomar decisões, para nos opor. Ele não viria.

— Vamos para Betânia — Maria determinou. — Meu filho estará lá.

36

DE REPENTE, FUGÍAMOS. NÓS, QUE ACABÁRAMOS DE ENTRAR em Jerusalém sob aclamação, escapávamos assustadas, e aquelas duas mulheres que eu havia considerado idiotas muito tempo atrás, agora eram minhas iguais. A noite havia caído fria. Pensei que, talvez, era eu que tinha me transformado em idiota. O caminho até o povoado de Betânia era curto. Não me intimidavam as pedras, rochas, arestas e pontas, mas sim que estava semeado de tendas tão similares às do acampamento de Magdala que eu precisava repetir a mim mesma que estava fugindo. Semeado também daqueles que descansavam sob as lonas.

Esse medo físico era algo que eu não tinha previsto. O temor do fracasso, de mim mesma, da morte dos outros, isso sim. Mas não a náusea que acompanha o medo físico, a possibilidade de sofrer dor na própria carne. Depois de contemplar tantas feridas, até esse momento não havia me detido para pensar que meu corpo jamais recebera sequer um leve golpe.

Caminhávamos encobertas, um só vulto escuro, inclusive tentando evitar que nosso movimento deslocasse o ar; caminhávamos como se pudéssemos não pisar o chão. Junto a algumas tendas ainda brilhavam brasas de fogueiras, com os animais deitados ao calor. Um homem que circulava cambaleando entre as lonas cruzou conosco sem nos perceber. Enfiei a mão por dentro do meu lenço e puxei a agulha de rede que escondia na amarração do cabelo. Costume herdado das épocas difíceis. Nunca cheguei a pensar em usá-la; ou seja, jamais me imaginei usando-a contra alguém, mas poderia ser uma arma e como tal eu a levava, ainda que há muito tempo tudo aquilo fosse mera ostentação. Enquanto avançávamos perseguidas por sonhos alheios, perguntei-me se seria capaz de matar. Houve um tempo em que eu responderia que sim, que a cabeça de meu pai justificava tal ato, inclusive exigia mais morte. Há muitas vidas. Tive uma vida que me impôs esta pergunta com frequência: Você seria capaz de matar? Então, friamente e sem tremor, respondia-me que sim. Mas, naquele momento, com a agulha de osso em minha mão, eu já não era aquela jovem. Da mesma maneira que hoje, nesta Éfeso de onde vou me despedindo da minha última vida, não sou a mulher que, no trajeto entre Jerusalém e Betânia, puxou de seu cabelo a forquilha que durante tantos anos me serviu como um desafio ante os olhares incisivos de homens e mulheres.

Chegado o momento, eu seria capaz de matar?

"A morte não é uma opção", respondi a mim mesma.

Maria e Salomé não demonstraram ter percebido minha ação. Eu caminhava brandindo aquela arma tosca, uma agulha para redes de pesca cuja verdadeira função não era ferir, mas remendar. Os sons dos animais nos impediam de ouvir os passos, os movimentos dos homens, o que, todavia, era mais aterrador. Aquele não era um acampamento como os nossos, ali não havia famílias ou crianças, as pessoas não buscavam respostas ou prodígios, não lidavam com a esperança. Seu deus era o castigo. Haviam chegado dos lugares mais longínquos para lhe render tributo.

A agulha seguia em minha mão quando avistamos as primeiras casas de Betânia. Acabávamos de deixar para trás os acampamentos dos peregrinos, já voltávamos a ser três vultos separados quando a aparição do Gigante me provocou um grito de terror tão violento que quebrei minha defesa rudimentar e feri a mão. Sem cerimônia, ele nos cingiu com seus braços abertos e nos arrastou para que andássemos.

Percorremos o caminho de volta transformados em sombras. Desejei sentar-me de frente para o mar, meu mar. Avançava pensando na água, nas coisas que junto ao mar parecem possíveis. A terra tem limites e nós, pessoas do mar, os conhecemos. Diante do mar, os verbos "ocupar", "dominar" ou "invadir" parecem algo próprio da infância. Nós, as pessoas do mar, jamais poderíamos pensar em conquistar um horizonte, nem sequer imaginar a ideia de um horizonte de terra. Desejei sentar-me de frente para o mar e permitir-me desfrutar do aroma dos seres úmidos.

Nos portões de Jerusalém, Nicodemos estava nos esperando.

37

Não se tratava de uma das periódicas mudanças de humor do Nazareno, às quais estávamos acostumados. Nós o víramos calando com severidade os homens que o chamavam de "Filho de Deus"; nós o víramos enfrentar Simão Pedro em algumas ocasiões, passar da euforia ao recolhimento ou a uma evidente indignação ao falar dos ricos, dos falsos profetas, de quem se apropriava do nome daquele a que chamava de Pai, mas nunca desse modo. Sem dúvida, era outra coisa.

Não pense.

Imediatamente neguei-me a admitir o significado real daquele surto de fúria. Precisava de tempo e coragem.

Não pense.

— Vão matá-lo, está decidido — anunciou Nicodemos.

O salão onde nos encontrávamos abria-se para um jardim planejado, de onde chegava o gorgolejar de alguma fonte. Água, até que enfim, água. Minha adolescência romana havia transcorrido em palácios muito similares àquele. Espreitando a noite vegetal, nosso anfitrião falava de costas para nós.

Pense.

Se você entra em um lugar sagrado para um povo inteiro, historicamente sagrado; se decide fazer isso no momento de sua maior celebração; se uma vez lá dentro e cercado de milhares de fiéis, escolhe a maior afronta possível e a leva a cabo; se você faz tudo isso, só um idiota pode acreditar que tal ato corresponda a um arrebatamento. Nicodemos repetia isso para mim enquanto narrava o escândalo que o Nazareno havia protagonizado com os mercadores do Templo.

Eu o amaldiçoei. Não obteve o bastante com sua presença. Claro que não, precisava mais. Não lhe foi suficiente haver feito de si mesmo um ultraje e, depois disso, impor sua presença, convertê-la no centro da festa dos ultrajados. No coração de sua atitude pulsava o que eu me negava a admitir, mas já sabia. O relato que escutava da boca de Nicodemos não me parecia uma revelação, porque uma revelação se impõe, abala e ninguém pode evitá-la. Era outra coisa. Tudo isso eu penso agora. À medida que o fariseu narrava como o Nazareno havia entrado no Templo, insultado seu funcionamento, seus mecanismos de celebração, e atacado as pessoas que ali comerciavam, fui começando a entender.

Não pense.

Diante dos penosos pormenores que ele contava acerca do ataque aos mercadores e da ira contra seu povo, entendi que aquele homem justo havia decidido crer na pureza de tal procedimento, semelhante a uma atuação teatral. Sigo pensando que as razões de Nicodemos respondiam à sua falta de cinismo. Não é possível ser poderoso sem cinismo. Você acaba por converter qualquer gesto contra a indecência em uma coluna à qual se agarra quando os impuros são varridos da face da terra, seja quem for o executor.

Perguntei-lhe sobre os homens do Nazareno, onde estavam, como haviam reagido. Um pouco afastadas, Maria e Salomé recuperavam a docilidade em um sono extenuado.

— Ordenaram uma perseguição. Houve uma debandada.

— Quem permaneceu?
Ele me olhou profundamente, e houve um mútuo entendimento. Como iria ele saber? Nicodemos e eu estávamos na mesma. Apenas aquele fariseu e eu.
— Creio que nos pegou a todos de surpresa. — Entendi aquilo como uma desculpa pertinente. — Fui informado mais tarde de que haviam abandonado Jerusalém.
A surpresa, claro, a surpresa provocada por toda desproporção. O ataque ao Templo havia sido um movimento desproporcional, desnecessário, inconcebível, inexplicável. Não para mim. Ignoro o que mais dissemos conforme o amanhecer se aproximava. Nicodemos devia pensar, para poder entendê-lo, que qualquer ato contra a indecência exige seu excesso. Sim, os gestos contra a corrupção devem ser necessariamente ostentosos, visíveis, para lograr êxito. Algo como multiplicar o pão e o peixe.
Clareava quando eu saí para o jardim.
Não pense.
Foram a luz e a água.
Não pense.
Aquele ataque do Nazareno não tinha nada a ver com marcar posição contra a Lei, seja lá por que for. Não tinha a ver sequer com uma luta, por vingança, nem mesmo para alimentar o ego.
Não pense.
Por que eu tinha dado por certo que toda aquela batalha terminaria com a irrupção na Páscoa de Jerusalém? Poderia ser pela agitação dos dias anteriores, pela possibilidade de uma vitória, pela ideia infantil de que um só gesto pode causar mudança, ou poderia dever-se inclusive a essa forma de avançar às cegas apoiada na obra do outro, à custa do outro. Eu sabia que ele era o único que conhecia o traçado da rota e seu

término, mas eu não havia feito para mim a pergunta necessária, imprescindível: Até onde?

Não pense.

Quando se enfrenta um ser humano cujo brilho desnuda a ordem estabelecida – e tal brilho emana de algum tipo de inteligência –, não se pode esperar que, na sequência, seja construída uma ordem melhor. Demorei várias vidas, demorei até agora mesmo para enunciar o que acabo de escrever. Aquele que questiona uma ordem, que a desnuda usando sua própria existência, não constrói outra. Não pode. Porque não há ordem nele.

Pense!

Voltei-me para Nicodemos.

— Ele vai se imolar!

O augusto ancião parecia a pintura de um deus aposentado.

— O Nazareno vai se imolar!

38

Incitar as bestas para conduzi-las até esse ponto em que as bestas podem apenas se despedaçar.

Imolar-se.

Tratava-se disso. De ter forjado meticulosamente o ferro com que irá incitá-las. Aí estava a resposta à pergunta a que eu havia aludido, não sei se por ignorância ou interesse. Esse dilema é irrelevante a ponto de nada dele restar em minha memória.

Ao compreender o que pretendia meu Nazareno – entregar sua vida! –, ao finalmente aceitar isso, pus-me a correr como se pudesse encontrar algum vestígio do que éramos até uns dias atrás. Abandonei a casa de meu anfitrião e enfrentei o trajeto íngreme em direção à cidade, senti que já não havia abrigo; caí pela primeira vez e feri os joelhos, cruzei com homens que conduziam carroças, topei contra a muralha que cercava um mundo, apoiei nela as mãos, respirei, respirei, respirei; segui correndo com a mão direita na pedra, acompanhando seu traçado, choquei-me contra a multidão, caí pela segunda vez e algo se quebrou com a queda, acotovelei-me em meio ao turbilhão que não se abria, gritei, golpeei corpos e carnes, gritei, recebi golpes. Dei a volta. Pouco depois – e o que é pouco? –, quando voltei a entrar na casa de Nicodemos, ele estava me esperando.

— Você só tem a mim e a outro membro do Sinédrio, José de Arimateia.

Nem sequer perguntei sobre aquele desconhecido. Ofegava.

— Preciso das mulheres — respondi.

O Gigante havia partido em busca de Ana e das doutoras instaladas em algum lugar de Betânia.

— Temo que somente eu e José não possamos impedir o que vai acontecer — admitiu o fariseu.

— Claro que não. — Seguia ofegando com as mãos nos joelhos. — Nem vocês nem ninguém podem fazer algo, porque isso foi minuciosamente preparado e executado desde muito tempo. O que há de acontecer, acontecerá — respondi sem titubear —, mas a cada fato sucede-se outro. Somos nós o que acontecerá.

— O prefeito de Roma resiste a entregá-lo.

Roma, claro. Até esse momento eu não havia pensado em Roma. Pilatos era só um peão de Tibério colocado no pior lugar e no pior momento. Tinha que ser o resto do resto para que alguém fosse colocado à frente da Judeia. Atiçou-me o brilho fátuo de uma possibilidade e pedi a Nicodemos que mandasse trazer-me as roupas necessárias para que eu me apresentasse diante daqueles pobres romanos castigados com o governo daquela terra.

Recebeu-me a esposa do prefeito Pôncio Pilatos, Cláudia Prócula.

Com que surpreendente facilidade voltei a vestir uma vida anterior. Mas eu já não era só a Madalena de Roma. Toda vida permanece em algum estrato de nós mesmos, basta buscar e criar o estímulo adequado para fazê-la emergir. Como a seda. Bastou o contato da roupa com a minha pele para resgatar um tempo em que a vida consistira em deixar que os prazeres passassem pelo meu corpo. A seda e, sobre ela, mais seda na túnica. Senti que a nostalgia embarreava o que eu estava vivendo naquele momento e o envilecia. Para que tanto barro, tanta miséria, para que impor sobre mim o sangue? Ao abotoar a vestimenta sobre os ombros, já estava longe desse lugar no qual eu me encontrava, e sobretudo estava em outro tempo. Em um só instante convivem muitos tempos.

Depois de ficar órfã, as doutoras me enviaram à capital do Império, mas, ao fazê-lo, não repararam no *status* das famílias com que meu pai comerciava. Vínhamos do povo do mar, cuja fortuna nunca se profana com ostentações. Nessa idade, no entanto, não demoramos em aceitar outros costumes e a nos amoldar a eles. Passei uma vida, essa vida romana, aprendendo o prazer da seda sobre a pele, a frescura do linho para o descanso, a diferença entre vinho e embriaguez. Diante de Cláudia Prócula, não ajustei a roupa na cintura nem adornei meu corpo com tiaras ou broches. Não havia feito isso em Roma porque qualquer ornamento parece redundante sobre a juventude, nem o fiz agora porque a autoridade não deve ser decorada.

Meu jogo estava armado sobre uma construção de rostos, vidas e mortes diante da qual só restaria à esposa do prefeito tremer.

— Ignoro sua situação em Roma — espetei sem rodeios —, mas o justiçamento do Nazareno acabará conduzindo-os ao desterro e a uma triste morte sem sonhos.

— Conhece...

— Sim, conheço Tibério e conheci Lívia, mãe dele. — Era uma mentira, ainda que não uma mentira completa. Porém, enevoar sua ignorância com algo mais seria crueldade. — Este é um lugar ao qual você não pertence, como eu não pertencia a Roma. A diferença é que você, aqui em Jerusalém, nunca deixará de ser uma estrangeira, uma mulher sem ninguém. Jamais será judia, mas eu fui romana, sim. A diferença é que eu conheci Lívia.

A beleza da mulher agonizava sob uma camada de resignação – a que sucede ao fastio. Perguntei-me para quem ela havia se vestido aquele dia, para quê. Seu traje luzia de modo tão impecável quanto seus enfeites, e, no entanto, naquele dia ela decerto não iria se encontrar com ninguém além dos serviçais do palácio e seu esposo. Tinha ciência do que eu estava pensando, não parecia uma pessoa de inteligência curta.

— O que veio me pedir?

— Apenas que recorde seu marido de que os judeus não têm poder sobre este território para condenar à morte.

Não me restava muito tempo, mas poderia ter ficado ali. Seu desamparo era maior apenas do que o meu, o que me impedia de consolar e dar abrigo a essa mulher com quem compartilhava uma dor. Pensei que algo nos unia e na possibilidade de voltar ao barro e ao sangue, conservar a seda sobre a pele, recostar-me junto a ela e deixar que os dias se sucedessem como as contas de um colar de muitas voltas. Então aconteceu algo inesperado. Ela avançou rápido até mim. Pouco antes de me tocar com seu hálito, pediu-me que a abraçasse. Assim o fiz e assim permanecemos um longo tempo.

— Estou sozinha — murmurou ao meu ouvido.

— Cada um sabe o preço que paga pelo que deseja — eu disse, sem desfazer o abraço.

E, insisto, teria permanecido lá.

39

Pareciam uma tropa de bois. Salomé havia sabido por seus filhos da ceia à qual nos convocava o Nazareno. Só aquele bando de simplórios poderia ignorar que se tratava de uma despedida e nada iria impedir sua conclusão fatal. Os zelotes poderiam se imiscuir na sentença de Caifás e do Sinédrio, ao menos até certo ponto, mas eles, mais que todos, desejavam seu castigo.

Esta é uma história, como todas, recheada de idiotas.

Ao enfrentar os bois do Nazareno, recordei a cena vivida na casa do prefeito Pilatos e minha tentação de renunciar a tudo para permanecer em sedas junto à mulher dele. O que eu tinha a ver com aqueles homens? Viver exige um tal esforço que todos se perguntam de vez em quando se vale a pena viver. Uma vez ou outra você se pergunta, uma vida após a outra. No entanto, eles iam ocupando a sala como quem dá um passo e, logo depois, dá o passo seguinte convencido de que nisso consistem os dias. Junto a mim, Maria, Salomé e Ana, recém-chegada, deixavam que as coisas acontecessem. Bastava observar o comportamento masculino para reconhecer nosso papel. Maria era a mãe do Nazareno e Salomé, a mãe de João e Tiago. Estavam elas a ponto de cumprir uma função em nome de outros ou era em seu próprio nome? Não me perguntei naquela ocasião. Como poderia? No entanto, agora não tenho resposta. Eu! Elas eram mães. Ser ou não ser mãe, engravidar ou não engravidar, modifica radicalmente seu ponto de vista sobre as coisas, seu papel.

Foi Simão Pedro quem se arrogou a tarefa de dispor os comensais. Contemplado desde um canto, seu procedimento desenhava diante de nós um defeito impreciso. Como alguns animais urinam em seu território, do mesmo modo esse homem vedava nossa participação, e lamentei que os filhos de Salomé não rompessem aquele rude cerco. Em qualquer caso, tudo estava feito. Não tinham nem ideia daquilo em que participavam. Nós, mulheres, havíamos assumido a função de rede, de apoio, de resistência. Ali estaríamos, como nos acostumamos, quando eles falhassem.

— As doutoras estão na casa de Nicodemos? — sussurrei ao ouvido de Ana.

— Estão na casa de um homem chamado José de Arimateia — ela respondeu, e entendi que ela se ocupava de algumas coisas.

O Nazareno demorou a aparecer, mas o que chegou já era outro. Seus homens o receberam com alvoroço e, ao ver que o mestre não correspondia, optaram por não interagir com ele e se dedicar à celebração. Ele sabia do encontro de Judas com Caifás, o sumo sacerdote. Ele já sabia disso tudo porque era obra sua. Aquela consternação que o cobria podia vir da idiotice de seus bois, mas hoje considero mais provável que a ideia de estar se equivocando se revolvesse em seu interior. A euforia do êxito, chegado o ponto em que se reconhece ter apostado a vida nisso, abre um poço sem fundo por onde pode se esvair toda a vitória. O abismo. É isso. Ao sentar-se à mesa, olhou-me nos olhos e vi o abismo. Os olhos, profundamente, e o abismo, profundamente. Em qualquer outra ocasião, ele não teria permitido que nós, mulheres, permanecêssemos à parte.

Entendi que se tratava de não nos obrigar a participar daquilo que iria acontecer: uma vergonha, o retrato putrefato daqueles que se chamavam seus discípulos, algo que ficaria manifesto muito pouco tempo depois.

Recordo como, horas depois, aquela fileira de bois se transformou em fumaça e mais nada, malditos; como o abandonaram assim que chegado o final, como o renegaram; e como durante tanto tempo tentei me esquecer disso repetindo a mim mesma que não valia a pena. No entanto, agora vejo o modo pelo qual seus mugidos e os mugidos de seus pares – os covardes e os ignorantes – apressaram-se em suplantar, por povoados e cidades, a voz daquele a quem abandonaram, e nesse propósito eles prosperam.

Naquela noite, os gestos do meu amado eram despojados, vinham de dentro. Eu o havia visto compartilhar alimentos em todo tipo de lugar e com todo tipo de gente, de modo espirituoso e sempre festivo, sua forma de rir e contagiar os demais. Ali, bem ali, levantava-se uma das colunas sobre as quais havíamos construído tudo, o alimento. Semear o alimento, fazê-lo crescer, compartilhar e reparti-lo, celebrar o alimento. O alimento como representação de si mesmo, nossa representação. Além do mais, era a isso e a nenhuma outra coisa que minha família havia se dedicado desde sempre.

Naquela última ceia, quando ele disse "comei e bebei", nenhum deles se deu conta de que seu convite habitual era "comamos e bebamos". Ser fugitivos lhes parecia motivo de celebração, o vinho e as risadas corriam fáceis. Uma mulher da casa apareceu com pratos simples. Rosada e sorridente, movia-se com ânimo de festejo pascoal e ia depositando as travessas. No pátio central da casa haviam disposto três mesas. Eles ocuparam a central. Nós, mulheres, permanecemos na outra, menor, sem vontade de comer. O cansaço palpitava em minha fronte. Outras mulheres compartilhavam com alguns homens, pareceu-me que anfitriões, um terceiro lugar ainda mais separado.

O Nazareno estava conosco – embora sentado naquela mesa central, estava conosco. Ninguém parecia sentir falta dele. Os discípulos tiveram que fugir, perseguidos pela autoridade do Templo, e lhes parecia algo a celebrar, um alarde de esperteza, como crianças bobas que riem de suas próprias travessuras. Sim, é isso, como travessuras. Simão Pedro se levantou e com a taça saudou Caifás.

— Que nos busque entre a multidão — e ria, derramando o vinho.

Outros acompanharam seu gesto. Também João e Tiago de Zebedeu. Só então me perguntei sobre Levi, não sabia nada sobre ele desde a nossa entrada em Jerusalém. O pesar nos olhos de Salomé desviou minha atenção. Maria e Salomé, como no dia em que nos encontramos pela primeira vez e que nesse momento parecia a história de outras pessoas, estavam conscientes, brutal e simplesmente conscientes do que estava a ponto de acontecer.

Acabada a ceia e inflamados os ânimos de seus companheiros de simploriedade e vinho, o Nazareno se viu obrigado a repetir que iriam matá-lo, que era essa a razão pela qual nos havia convocado. Iriam matá-lo. Matá-lo, idiotas, iriam matá-lo! Simão Pedro voltou a se controlar, então, para declarar sonoramente diante dos presentes que ele nunca sairia do lado de seu mestre ou alguma bobagem parecida. Decidi que era suficiente. Levantei-me e sem discussões coloquei-me atrás do Nazareno.

— Sua decisão é inquestionável, eu sei, mas a minha também — eu disse, apoiando os lábios sobre a cabeça dele.
— Eu não financio sacrifícios.

40

CONTEMPLAR A SOLIDÃO DE UM HOMEM OBRIGA VOCÊ A observar seu próprio desamparo. Ah, mas para isso é necessário contemplar a solidão de um homem, algo que não depende desse homem e sim da capacidade que você tem de observar.

Somente três de seus seguidores nos acompanharam no fim da ceia. O Nazareno abandonou a casa sem cerimônia e caminhou rapidamente até um retiro habitual aos pés do monte das Oliveiras. Pediu a alguns de seus homens que o acompanhassem. Oito almas o seguiram: Maria, Simão Pedro, João e Tiago de Zebedeu e a mãe deles, Salomé, Ana, o Gigante e eu. O resto de seus seguidores incondicionais desapareceu até muito depois do final.

Ao chegar, seus acólitos se recostaram contra os troncos de algumas das oliveiras próximas. O que parecia um gesto de respeito à intimidade de seu mestre era, na realidade, um abandono ao cansaço e à embriaguez. Ele seguiu andando até se transformar em um borrão distante mesclado com a paisagem noturna. Voltei a me aproximar, agachei-me diante dele, sentado, e nos permitimos um abraço igual ao dos outros.

— Não deixarei que vença aquele que conheço — resmunguei ao rechaçar aquele gesto frio. Estava furiosa.

Ele colocou as mãos sobre meus ombros e me empurrou contra a terra semeada de seixos. Não era um abraço, mas a ferocidade da solidão, da necessidade de escapar. Tentava cobrir a morte com sexo. Feroz, a solidão. Feroz, a necessidade de escapar. Feroz, a exigência de cobrir a violência da morte, sempre contra a morte, o sexo. Decidia abraçar a vida no ato, bestialmente, sem pensar, abraçar uma vida que estava entregando, creio assim, a contragosto. Contra mim, a contragosto. Gritei em silêncio e contra Deus, rolando por rochas e madeiras. Aquela não era nossa conversa habitual entre dois corpos, mas o gemido agônico de um homem que penetra outro corpo tendo perdido sua vida de antemão. Aquilo não era uma oração, mas seu contrário. A bestialidade de um homem sobre meu corpo. Sua bestialidade de macho.

Ainda assim, cedi meu corpo ao seu e não choramos.

Longe dali, os três homens dormiam. De volta, impedi o gesto de Salomé para despertar seus filhos. Ao lado dela, Maria representava essa forma própria de habitar a terra, incompreensível para mim. Nada do que me rodeava parecia ter a ver comigo. Somente Ana e o Gigante, que permaneciam atentos de longe, lembravam-me que ainda havia espaço contra o desamparo.

Quando chegaram para prender o Nazareno, a violência despertou os corpos. Simão Pedro e Tiago responderam com movimentos de batalha como se tivessem participado daquela solidão abismal.

Pobres, pobres ignorantes.

Entre nós, nem mesmo o Gigante respondeu a essa turba inepta encabeçada por um grupo de zelotes. Os loucos por território servindo aos loucos pelo poder. Aproximaram-se gritando, armados. Lamento que Simão Pedro e Tiago de Zebedeu abandonassem seu torpor para justificar com violência a violência dos outros. O Nazareno se levantou lá nas sombras e observou a cena desde um lugar ao qual não se poderia alcançar. Agora, passado tanto tempo, vão me chegando relatos sobre aquele momento, escritos, lixos. Ali, ao pé do monte, junto ao Nazareno, antes que chegassem para o levar, estávamos somente Maria, Salomé, o Gigante e eu mesma. Seus três amigos zurravam de barriga para cima. O caminho desse homem, da ceia até se recolher no monte, foi o de uma alma solitária que havia suplicado apoio a seus companheiros, sua família, e não havia recebido. Depois, e até sua prisão, durante um tempo insuportável, encarnava um inquiridor entorpecido. Pude... pudemos contemplar como seu corpo se enroscava, sem respostas.

Maria, imóvel, não desviou o olhar. Eu tampouco o fiz, mas chorei, de fato chorei. A feroz desolação que acabava de me invadir retratava meu próprio desamparo e me deixei arrastar por uma melancolia que não durou mais que um instante. Assim que os esbirros de Caifás desapareceram, eu saltei, ergui Maria e desatou-me uma fúria.

— Isso não é necessário — gritei, encarando-o. — Não é necessário e não será.

Tomamos o caminho para Jerusalém. A essa altura, sucumbi ao esgotamento de tantas horas sem descanso, e o Gigante, minha morada, carregou meu corpo sobre seus ombros. Devo ter dormido sobre sua cabeça, porque, quando despertei, estava deitada, já na casa de Nicodemos.

41

Hoje amanheci em meu leito confusa e desorientada, sem recordar como havia chegado ali. Meus velhos ossos parecem lascas de madeira. A jovem ao meu lado saiu por um instante e em segundos havia uma lufada de mulheres atentas ao meu redor. Parece que ao anoitecer de uns dois dias atrás eu não voltei do meu passeio campestre. Alarmadas, algumas garotas saíram a me buscar e encontraram meu corpo inanimado em uma ribanceira. Não pretendo dedicar a isso maior atenção.

Por fim, elas foram se retirando e posso me sentar por um momento e deixar o registro de minha intranquilidade.

Comecei esta narrativa sem saber ao certo quanto tempo ou energia demandaria. Agora temo que minha vida se conclua antes do meu intento. Já não voltarei a sair sem a companhia do Gigante, aqui ao meu lado, e que ultimamente tem respeitado minha exigência de solidão. Uma vez mais me dei conta de que não me lembro de como se chamam as garotas com quem compartilho a casa. Conservo alguns nomes e reconheço algumas mulheres, mas não consigo ligar uma coisa a outra. Não importa, se é que importava antes desse infeliz acidente.

Sinto a necessidade de antecipar que finalmente a vida venceu, que a morte não pôde com nossa batalha. Estou disposta a seguir relatando os detalhes do que ocorreu, um após outro. Mas, se algo acontecer, faço saber que as palavras de Paulo de Tarso e dos demais supostos concorrentes – todos os testemunhos falaciosos dos miseráveis que, sem haver acompanhado o Nazareno, alimentam-se dele – não passam de trapaças.

Idiotas, idiotas!

Optei, sem reservas, por deixar um relato para o futuro da mesma forma que outros deixam uma estirpe. Além do mais, prefiro essa conquista à de um território, seja uma nação ou um corpo. Eu escolhi, nós, mulheres, escolhemos, não engravidar.

Sinto-me fraca e isso deveria me enfurecer, mas já não tenho ânimo. Quanto tempo passo neste escritório, inclinada? Contemplando as garotas ao redor, hoje senti o impulso glorioso de celebrar minha idade, as vidas que fui acumulando, a memória que acaba ocupando o vazio do rude, primitivo, básico instinto de seduzir. Insisto, não há tempo. Se ao acabar a escritura deste testemunho ainda tiver em mim um resto de fôlego, sairei sozinha, com apenas um pano sobre o corpo, a celebrar o campo e nossa vitória sobre a morte. Creio merecer a intimidade que une meu corpo com a terra, essa forma gozosa de solidão que precede e acompanha o fim.

42

Sempre soube que Simão Pedro era um canalha. Mais tarde, Nicodemos haveria de me contar como transcorreu a sessão naquela manhã diante do Sinédrio, da qual ele tomou parte, mas eu havia presenciado os acontecimentos no pátio. O pesar do ancião ante o ocorrido não causou um arranhão em mim. Os sacerdotes do Templo haviam decidido assassinar o Nazareno e nada os deteria, muito menos o próprio condenado, idiota resoluto a entregar sua vida para engendrar uma mensagem transcendente. E nenhum de seus seguidores o acompanharia. Um idiota; o resto, miserável.

Ao amanhecer, já me encontrava à porta. Vi entrar o sumo sacerdote Caifás acompanhado do velho Anás, seu sogro e predecessor no cargo. Também passou sem perceber minha presença o próprio Nicodemos, mas eu estava preocupada demais com outros homens para prestar atenção nos sacerdotes. Eu me posicionei na entrada do pátio, bem no umbral. Lá dentro, uma multidão de homens sentados inquietos pelo que ia acontecer estofava o chão. Às minhas costas, a espessa e indistinta marcha dos peregrinos investia contra mim vez após vez, puxava-me como a língua espessa de um deus tripeiro. Alguns roçavam meu corpo, passavam a mão pelos meus quadris, tentavam alcançar um dos meus peitos. Nada impediria que eu seguisse ali, talhada em pedra, nada. Em dado momento, um homem fedorento chegou a me sacudir, agarrou a minha cabeça para virá-la e me encarar. Ele estava tentando lamber meu rosto quando percebi como, ali perto, o Gigante afastava os corpos e suspendia aquele desgraçado, sabe-se lá onde e com que consequências. Àquela hora, já se espalhava o cheiro nauseante que os cabelos e a pele dos homens exalam depois de dias sem água ou abrigo. A água, meu mar.

Não foi difícil localizar entre a audiência Simão Pedro e meu querido Levi, que depois de cruzar o olhar comigo fingiu não me ver.

Depois da agressão, o Gigante ficou do meu lado, e recusar teria sido inútil. Sua presença não passou despercebida para aqueles que aguardavam no pátio. Um homem a quem eu tinha visto em alguma reunião com o Nazareno se levantou do chão e nos apontou da mesma maneira que havia acontecido naquela ruela alguns dias antes. Muitos outros responderam a seu gesto com imprecações, mas ninguém deu sequer um passo. Imagino que uma mulher e um ser estranho e descomunal não lhes parecessem uma presa fácil. Na sequência, aquele mesmo homem dirigiu seus ataques a Simão Pedro. Até então eu não havia me dado conta de quem eram eles. Aqueles não eram fariseus nem escribas, nem mesmo peregrinos. Eram zelotes, e tinham sede. A sede por terra dos zelotes é insaciável. Nem todo o sangue do mundo é suficiente.

— Esse homem faz parte do grupo do traidor! — gritou.

Senti a tensão do Gigante ao meu lado. Ele, como eu, detestava Simão Pedro, mas o pescador não deixava de ser um dos nossos. Dei a mão para ele porque pensei que, da mesma maneira que a multidão não havia arremetido contra nós, tampouco o faria contra ele. Então aconteceu. Simão Pedro se pôs de pé e encarou o zelote. Por um momento acreditei que iria começar um combate. Ah, eu ainda não havia admitido por inteiro o que era evidente. Você conhece as coisas que machucam, mas leva tempo para declará-las; não faz isso até que não possa mais negar as evidências.

— Eu não conheço esse homem — respondeu, de pé, o miserável.

— Mentira! Eu o vi junto com ele muitas vezes — gritou-lhe aquele cujo rosto me era familiar.

Busquei Levi com o olhar. Sentado pouco distante, permanecia com a cabeça baixa, absorto em seus próprios pés.

— Juro que jamais estive ao lado do traidor — insistiu, aos gritos, Simão Pedro, falando já para a multidão.

Morcegos, morcegos, morcegos, pensei, *que uma turba negra de morcegos cubra a sua noite e o arraste para o abismo em que você cairá.*

No pátio se estendia o silêncio sem agressividade de quem assiste a uma representação. Estavam distraídos depois de várias horas de espera, mas o assunto se apagou tão rapidamente como havia surgido. O aspecto de seus homens, como o do próprio Nazareno, não se diferenciava em nada do dos cidadãos pobres da Galileia. *Que barbaridade*, pensei, *que horror, ficará completamente sozinho*, e apertei com força a mão do meu companheiro. Enquanto isso, no interior, segundo me relatou Nicodemos, os setenta homens do Sinédrio se dedicavam a confirmar uma condenação à morte categórica enunciando banalidades.

A tarde começava a cair quando trouxeram o Nazareno. Ao escrever isto nada me agradaria mais do que dominar a arte da pintura. Os presentes, uma massa informe, escura e homogênea, levantavam-se e se separavam abrindo um caminho serpenteante pelo qual a comitiva de sacerdotes deslizava o traço colorido de seus turbantes e de suas vestes. Esse caminho se dividia como, conta-se, fizeram as águas do mar diante de Moisés, mas não era água que abria o caminho, e sim lodo. Deram como certo, e eu também, que tal opulência arrastava em seu centro oculto o réu. A simples possibilidade de que isso fosse verdade produziu imprecações, insultos e exigências de morte. Passaram diante de mim sem que eu pudesse distingui-lo.

Caminharam devagar, pomposamente, até o pretório, onde os esperava Pilatos. Eu corri no rastro que o Gigante ia abrindo entre a massa.

Não olhei para trás. Sempre soube que Simão Pedro era um canalha.

43

Foi a própria Cláudia Prócula quem veio me receber. É claro, meu traje de sedas e ficções romanas havia desaparecido. Eu suava.

— Sei quem você é — ela me disse.

— Isso já não importa — respondi com um fio de voz, e ao fazer isso qualquer dúvida sobre permanecer junto a ela havia se dissipado. — Estão vindo para cá. Eles o trazem. Só seu esposo pode ordenar sua pena de morte. Só seu esposo. Eles não podem.

A mulher me tomou pela mão e me puxou até uma galeria superior que atravessava o espaço onde iriam encontrar-se Pilatos e os sacerdotes. Notei que sua mão estava fria e seca e não a soltei. Ela tampouco o fez. Eu poderia definir o que observamos ali como a maior exibição de vileza jamais imaginada. Mas o que se podia esperar daquele monte de parasitas cuja afetação residia em seu poder de decidir sobre a vida e a morte dos homens, em ordenar a violência?

Perguntado pelo prefeito romano sobre seu magistério, o Nazareno respondeu que nada tinha a ver com aqueles que o detinham.

Os sacerdotes se revoltaram aos gritos. Caifás e Anás encararam Pilatos com um olhar de advertência.

Perguntado pelo prefeito romano sobre sua vontade de agir contra Roma, o Nazareno respondeu que nada tinha a ver com aqueles que o detinham.

Os sacerdotes se revoltaram aos gritos. Caifás e Anás encararam Pilatos com um olhar de advertência.

Perguntado pelo prefeito romano sobre a possibilidade de encabeçar uma revolta, o Nazareno respondeu que nada tinha a ver com aqueles que o detinham.

Os sacerdotes se revoltaram aos gritos. Caifás e Anás encararam Pilatos com um olhar de advertência.

Ao meu lado, Cláudia Prócula tremia.

— Tive um sonho — sussurrou para mim. — De noite, sonhei tudo isso e também o que virá depois.

— Desça até lá e conte. — Eu conhecia os sonhos, confiava neles como os romanos confiam.

De tal modo a cara do velho Anás se crispou diante da narração da esposa de Pilatos que eu julguei ter ouvido o crepitar de sua pele.

— Esta noite sonhei com esse homem. Era um santo. Havia sangue, pássaros de sangue e nuvens de sangue — ela olhou nos olhos de seu esposo —, e o sangue cobria nós dois. Pagaremos com sangue pelo que os judeus fazem e pedem.

Bem pouco tempo depois daquele momento, Pilatos e Cláudia Prócula foram desterrados por Roma. Ao saber disso, lembrei-me daquela minha advertência, quando fiz essa predição que, na verdade, foi só uma artimanha. Não duvido de que a intervenção da mulher devera-se ao fato de ela ter acreditado em mim, mas não adiantou nada. O prefeito não podia de modo algum se opor à decisão do velho Anás e dos demais sacerdotes, e ainda assim decidiu em um último esforço não enfrentar sua esposa. Ordenou que o Nazareno fosse enviado a Herodes, rei da Galileia. Afinal, o Nazareno era galileu e Herodes se encontrava em Jerusalém aproveitando a Páscoa judaica para abrir para si uma brecha naquelas terras cujo governo ele há tempos reivindicava.

Antes, e para aplacar a ira do Sinédrio, Pilatos mandou que o açoitassem. Foi então que eu, incauta, que acreditava ter presenciado a dor, aprendi o que é a tortura.

44

Quando o Nazareno cruzou o pretório romano para se dirigir à pocilga de Herodes Antipas, era um corpo destroçado, visão diante da qual chorei, gritei e só o Gigante impediu que me lançasse contra os soldados que o conduziam. Mas o que sabia eu dos destroços que ainda estava por ver!

Por quê? Por que se prestou àquilo? Por que provocou aquela situação?

No final de minha vida posso afirmar que jamais sofri em minha carne tormento algum digno de tal nome, infligido por um ser humano, nem mesmo creio que neste ponto irei sofrê-lo. Por isso, da mesma maneira que evitei explicar o que acarreta o ato de conceber, não ousarei descrever a tortura na própria carne. Sim, supõe-se isso ao presenciá-la em um corpo que você ama. Não sou capaz de compreender o que leva um homem a arrebentar a carne de outro e, uma vez arrebentada, insistir nos ferimentos. Sacudir, esperar o hematoma brotar totalmente do golpe e voltar a sacudir para arrebentá-lo. Essa minha afirmação carece de qualquer retórica. Um homem armado enfrenta outro homem nu e indefeso. Então, começa a golpeá-lo, retalhá-lo, fustigá-lo enquanto contempla como a dor que causa quebra não só o corpo de sua vítima, mas também sua existência nesta terra, convertendo-o em grito, súplica, mero organismo descontrolado em fezes; e depois retoma seu açoite, agora sobre o sangue e a carne abertos ao mais selvagem exercício de humilhação. O que sente esse verdugo antes do exato instante em que sabe que à inconsciência sucederá o insuportável? O que o leva a fazer isso? O que o impede de parar? O que o impulsiona a continuar? Vou me permitir ir além. Que razão leva o outro, a vítima que vai deixando de ser um homem, a considerar que tal entrega ao mal extremo pode trazer, a ele ou a qualquer outro, um benefício?

Pois bem, já tenho respostas. Depois de viver todo o acontecido desde então, devo admitir hoje que a narrativa posterior àquele tormento cumpriu e cumpre seu objetivo no relato dos idiotas. Eles têm disseminado seus ensinamentos sobre a tortura e a morte. Que surpresa! Aí, sim, aí precisamente está a razão pela qual me sento para relatar o que só eu, Maria Madalena, pude acompanhar desde o princípio até o último momento. Contra eles escrevo, contra quem precisa da carne aberta, do sacrifício, da morte e da cruz para construir a ideia de uma existência melhor, mais digna. Que horror, que horror.

Quase não havia ninguém quando retiraram o corpo do Nazareno. Havia anoitecido e é sabido que as hienas têm pouca paciência. De cabeça baixa, ele tropeçava entre soldados, mas devo me deter e deixar que o pranto me domine quando recordo essa forma de se pendurar alguém, ensanguentado, escassamente coberto com restos de uma túnica de soldado. Esforço-me para não o fazer, para não lembrar, impedir que minha mente recupere a cena. "O que eu ganharia, e para quê?", volto a me perguntar. Ganharia, ganho isto que escrevo.

Saí correndo, seguida pelo Gigante, e no caminho vi Maria e Salomé entre um grupo de homens aos quais não conhecia.

É a solidão.

Irrompi no palácio sob tal enlouquecimento que nem os guardas puderam me frear. Lá no fundo, com baba pendendo da boca, Herodes Antipas balançava a cabeça. Antes mesmo de chegar a seu assento, eu já havia me atirado ao chão.

— Não o machuque mais — implorei, tomando sua mãozinha minúscula, branca, engordurada.

Ele abriu lentamente as pálpebras inchadas e me olhou com uma surpresa satisfeita, cruel.

— Farei o que quiser, o que mandar — insisti, com a esperança de que tivesse conservado um mínimo de sobriedade.

— Entrego-me a você.

Tratava-se de uma luta contra a prática do suplício, contra a crueldade. Uma vez compreendido que o Nazareno havia usado todo o nosso trabalho para se imolar, que nos havia manipulado e enganado e que eu era a única que permanecia, só me restava evitar mais dor. Não só por ele, pela dor em si.

Eu estava ajoelhada diante daquele borrão suíno quando entraram com ele, arrastando-o. Vi a transformação no rosto de Herodes, como voltava a si, aquele gozo em seu sorriso que deixava escapar uma pulsão indubitavelmente sexual. Conhecia aquela besta a tal ponto que previ a forma como estenderia o braço e levantaria a excrescência de seu dedo.

— Este é aquele que se faz chamar de Rei dos judeus?

Os soldados de Pilatos largaram o corpo do Nazareno, que caiu manchando o mármore de sangue.

— Você, miserável, é o rei dos judeus? — perguntou sem se levantar, dessa vez ao corpo que jazia exânime a seus pés.

Olhei o homem a quem eu havia dedicado a vida, minha fortuna, tudo o que eu era, e consegui não me descompor.

— Escute-me, Herodes — ele olhou para mim —, quem matar esse profeta terá problemas com Roma no futuro. Sabe a que me refiro.

— Não, não sei — balbuciou. — Diga você.

— Esse profeta, e é claro que você sabe, move multidões, centenas de milhares o seguem cegamente. Quem o matar será responsável pelos levantes que se produzirem. Não acredito que você veio até a Páscoa na Judeia para se meter nessa confusão.

Contra todos os prognósticos, ele pareceu entender o que eu estava dizendo.

— Este é um assunto que o prefeito Pilatos repassou a você — continuei — para não ter de assumir essa responsabilidade. Pense bem. Por acaso acredita que, se o beneficiasse de algum modo, ele o cederia a você?

— Açoite-o e devolva-o ao prefeito!

A essa altura os soldados romanos não conservavam nenhum resquício de humanidade. Acabaram de desnudar o corpo do Nazareno e, faltando-lhes as cordas, ataram-no com espinhos arrancados do jardim. Rodearam seu corpo com ramos espinhosos e o colocaram entre dois homens. Um deles vomitou, e antes de continuar bebeu um trago de vinho com tamanha ânsia que derramava o líquido no chão. Faziam-no rodar no piso para conseguir cobrir de igual maneira o peito, o ventre e o dorso. A carne de suas costas estava a tal ponto aberta pelos açoites anteriores que os espinhos desapareciam quando roçavam os talhos. Outros três homens cingiram-lhe a cabeça, o sexo e os punhos. Feito isso, devem ter decidido que o esforço bem merecia um descanso para seguir bebendo, e abandonaram aquela bagunça de carnes abertas.

Um grupo de sacerdotes liderado por Anás e Caifás permanecia atento, o que impediu o Gigante de intervir. Já era muito tarde, Herodes tinha regressado ao torpor e Pilatos parecia a única salvação, mísera salvação. Os judeus não podiam justiçar o Nazareno segundo a lei romana que imperava na região.

Somente Pilatos poderia ordenar a pena de morte, algo que, até aquele momento, parecia rechaçar. Mas eu sabia o que iria acontecer, nada se oporia à decisão do Nazareno.

O Gigante irrompeu entre os cambaleantes esbirros de Herodes como um mar que decide afundar os barcos com uma só onda, enorme e lenta. Tomou em seus braços o corpo e cruzamos a noite de Jerusalém até o palácio de Pilatos, seguidos por um punhado de acólitos, uns poucos. Em nosso caminho só restavam os vultos dos adormecidos e bêbados que, amontoados, preenchiam de imundície o caminho dos muros. Ao recordar naquele momento o modo como o Gigante carregava os corpos das garotas abandonadas às portas de minha casa, pareceu-me outra vida. E era. "Poderíamos ter feito outra coisa?", pergunto-me agora. Poderíamos ter burlado o séquito de autoridades e levado aquele corpo até um lugar escondido? Acredito que não, não naquelas circunstâncias. Era a decisão dele e um respeito prévio nos impedia, ou assim me parece agora. Não lembro em que momento se uniram a nós, desde longe, Maria, Salomé e alguns homens. Um deles se aproximou e tentou arrancar um espinho do corpo do Nazareno. O Gigante o impediu com um gesto arisco. Uma vez cravados na carne, extraí-los voltaria a ser uma tortura.

Em minha memória se confundem os dias e as noites daquele suplício. Creio recordar que, quando chegamos de novo à casa do prefeito Pilatos, o dia estava prestes a amanhecer, e ele não nos esperava. O que carregávamos desde a residência de Herodes Antipas já não era um homem. Era outra coisa. Todos havíamos presenciado sacrifícios animais menos cruéis.

45

Depois de deixar na casa do prefeito aquilo que fora um corpo e antes havia sido um homem, pusemo-nos em marcha. Ninguém estranhou ter sido uma mulher a cuidar do moribundo. Várias vezes caí na tentação de me perguntar onde estavam Levi, João, Tiago, Simão Pedro, André. Não era fácil aceitar que, diante da morte, isso que chamam de discípulos, leais seguidores, desaparece e sobram apenas as mulheres.

A vida seguiu seu curso.

Decerto iriam condenar o Nazareno e crucificá-lo. Não havia nada a fazer a esse respeito. Como se daria o processo e quais seriam as acusações exatas, como obrigariam Pilatos a fazer isso e detalhes semelhantes eram só isso, detalhes. Quando o Gigante e eu saímos, lá estavam Ana, Maria e Salomé. Junto a elas, dois anciões, Nicodemos e o outro membro do Sinédrio chamado José de Arimateia. O dia já havia amanhecido com um céu encapotado de cinza, sob o qual se concentrava o fedor do sacrifício dos cordeiros, do sangue e dos fanáticos. Como acredito ter deixado escrito aqui em algum momento, jamais voltei a comer carne.

— Você precisa descansar, nosso dia vai ser longo — disse Nicodemos, passando um braço sobre meu ombro. — Falta um dia para a execução.

Olhei para o céu, desgarrei-me de seu abraço e agarrei a mão de Ana. Dali fomos para a casa do prócere José de Arimateia, um palacete muito similar ao de Nicodemos e que voltou a me lembrar de Roma e de uma mulher de quem eu não guardava nem um resquício de saudade.

Aqueles dois judeus proeminentes haviam decidido intervir conosco e atuaram no último minuto.

A vida seguiu seu curso.

Não foram seus discípulos, que agora se arrogam o direito de narrar o que aconteceu como se não tivessem fugido, abandonado e traído o Nazareno. Relatam sua morte, deixam-na por escrito, colocam a crucificação no centro de toda a sua mensagem e asseguram que ele ressuscitou dos mortos. Eu os amaldiçoo. Eu os amaldiçoo como mentirosos, por usarem a mentira para construir mais mentiras das quais tirar proveito e poder. Eu os amaldiçoo por perverterem toda a construção de uma mensagem de vida – que vida? – e eleger a morte para convencer os incautos. Mas a morte pode cativar, e cativa por meio de uma ideia ridícula de ressurreição. As pessoas preferem alguém que venceu a tortura e a morte porque sabem que elas, todos elas, vão morrer. Quem não gostaria de viver depois de ter morrido? Ah, mas aí mesmo reside a necessidade de ter admitido antes a violência e o assassinato, de obedecê-los.

Hoje, hoje mesmo me chegaram notícias sobre os escritos de Paulo de Tarso e as narrações de Levi, entre outros. O primeiro é simplesmente um impostor, cruel, representante de uma mensagem inumana, construtor do mal; mas Levi, meu querido Levi, é o responsável por eu ter acabado sendo quem sou. Ele me estimulou a participar, ele me falava da possibilidade de mudar o estado das coisas aludindo, maldito, ao meu desespero pela dor das mulheres, usando-o. Pergunto-me o que aconteceu com ele, se tem a ver apenas com lavar sua má consciência à custa de ser outro. Participei disso? Fiz o mesmo com algumas de minhas vidas? Ser outra...

Eles jamais souberam porque não estavam lá, mas tudo estava planejado. Ana havia se encarregado da dor e da morte. Nisso confiei desde que entendi quais eram as verdadeiras intenções do Nazareno sobre seu próprio final. Aquilo dizia respeito a Ana e às doutoras. Estava decidido, ademais, que José de Arimateia emprestaria seu sepulcro, aquele que um dia seria ocupado por seus ossos, para dar guarida ao corpo do crucificado.

Sabendo de tudo aquilo e consciente de que cada um tinha sua função, pude enfim descansar. Pensava na forma pela qual havíamos multiplicado os pães e os peixes, em como as doutoras curaram a ingrata hemorroíssa, em nosso papel nos eventos considerados extraordinários, milagrosos, que ainda hoje correm de boca em boca, inclusive para além dos limites do Império. Seguia agarrada à mão de Ana. Fazia tanto tempo que não nos tocávamos que nem sequer tive que lhe pedir para descansar ao meu lado. Sonhei que desabava uma tormenta e os pássaros de sangue mencionados pela esposa de Pilatos caíam sobre os barcos do meu mar da Galileia. Então, alguns pescadores e eu mesma separávamos com as mãos os restos de seus corpinhos, empurrando-os até a água. Em meu sonho, durante aquele massacre, o odor das tripas dos peixes me fazia chorar de felicidade.

46

Não está me fazendo bem tudo o que escrevi ultimamente aqui. Posso narrar os fatos sem permitir que as cenas vividas, que as imagens emerjam, sem vê-las. Não sei se tem a ver com uma faculdade adquirida com os anos ou com a capacidade inata do homem para fazer desse modo. Esta última alternativa seria compreensível, inclusive necessária para sobreviver a tanto sangue como nos impõe o passar dos dias. Posso bloquear as imagens de dor, porém decidi recuperá-las para fazê-las aqui constar. Não serão os soldados romanos, nem Pilatos, nem os membros do Sinédrio que haveriam de fazer isso, ou seja, que as narrariam. Não serão os fiéis do Nazareno, desaparecidos. Quem, então, poderia fazê-lo?

Eu e o Gigante saímos ao seu encontro quando tivemos notícia de que os soldados estavam a postos para conduzi-lo até a cruz. Depois de um dia de descanso na casa de José de Arimateia, a manhã se impunha sem sinal de clemência. O povaréu abarrotava o caminho, mais porque já estavam ali há alguns dias do que por saberem do que estava acontecendo. A seus olhos, tratava-se simplesmente de um condenado à morte, mais um. Não consideravam a morte uma cena cotidiana, mas tampouco lhes parecia estranha. Em sua maioria, eram peregrinos tirados de seu perambular tedioso pela celebração final da Páscoa e que começavam a se entusiasmar. Graças ao Gigante, conseguimos um lugar às margens do caminho que os soldados haviam aberto entre a multidão.

Pudemos vê-lo sair e avançar carregando um dos madeiros sobre os quais pregariam seu corpo. Ao nosso redor, alguns homens, aqui e ali, começaram a gritar. Não era difícil reconhecê-los como zelotes, sempre a palavra "traidor" em sua boca, a palavra "terra", a palavra "sangue". No entanto, muitos outros, quase todos, viravam o rosto ou baixavam o olhar ao ver aquele despojo de carne coberta de sangue seco sobre sangue seco sobre sangue seco que mal parava em pé, que várias vezes avançava aos solavancos. Seu rastejar era tão penoso que até as almas cruéis guardavam silêncio à sua passagem. Por isso, quando o Gigante saiu ao seu encontro, ninguém, nem os soldados nem os assistentes, o impediu. De novo, como havia feito no palácio de Herodes, alcançou o corpo do Nazareno. Desamarrou de seus braços o madeiro que carregava às costas e o levantou do chão. Creio que todos, inclusive os soldados, agradecemos por sua atitude ter apressado um pouco a marcha. Com o tronco debaixo do braço esquerdo, ele agarrou o homem com o direito, sob as axilas, e seguiu pelo caminho demarcado. Aquele corpo, no mais extremo e agudo sofrimento, deixava-se arrastar, os pés como dois trapos dilacerados.

Foi a primeira e última vez que vi o Gigante chorar. Gotas espessas que poderiam parecer de suor desciam pelas maçãs de seu rosto, escorriam pelo pescoço e se perdiam em seu peito úmido. Mas não era suor, e sim lágrimas, e eu sabia disso, lágrimas sem qualquer outro gesto além do próprio rolar, sem teatralidade, lágrimas sem pálpebras.

O céu, que passara todo o dia anterior prometendo uma tormenta, foi ganhando escuridão à medida que eles avançavam, e quando chegaram ao monte das execuções, todos os espectadores já haviam se retirado em busca de abrigo ou de volta aos seus acampamentos. Quando alcançamos o lugar do sacrifício, ali só restavam a mãe dele, Maria, Salomé e Nicodemos. Fiquei surpresa ao ver que os acompanhava João de Zebedeu, filho de Salomé, aquele que anos depois nos seguiu até aqui, em Éfeso. Era não mais que um menino. Sua relação com o Nazareno era a de um filho com o pai, ou com um adulto a quem seguir com fascinação.

— Onde está Levi? — perguntei a ele.

— Não sei. Estou só. — Seus olhos se abriam ao espanto, como os das cavalarias antes de um estouro. Ele tremia.

É preciso ser carpinteiro para conseguir pregar uma mão na madeira? É necessário ser um algoz carpinteiro ou basta ser um carrasco que, com o tempo, alcança tal destreza? São necessários vários golpes sobre o prego na palma da carne tombada, mas o corpo resiste a ficar no eixo do madeiro, desliza de um lado para o outro e a cada deslize a terra implora que permaneça, que não o levantem de novo, que o entreguem ao seu amparo seco. Maria, prostrada, permanecia absorta a pouca distância de onde aquilo estava acontecendo. Olhei para ela somente um instante, e não quis me deter em seu rosto sempre incompreensível.

Meu trabalho era a vida, não a morte.

Enquanto os carrascos amarravam o corpo ao tronco central com uma corda, para que não escorregasse, José de Arimateia estava diante de Pôncio Pilatos. Sua função era convencer o prefeito a permitir descer da cruz o cadáver do Nazareno e dar-lhe sepulcro. Esse era seu papel e ele conseguiu. Soubemos mais tarde que não foi necessário insistir muito. O romano estava convencido de que aquele justiçamento acarretaria grandes desordens. No entanto, os motins, que em pouco tempo se converteram em uma luta feroz e sangrenta, não viriam dos discípulos do Nazareno. A quem houvesse testemunhado o comportamento de seus seguidores não caberia dúvida. Foram os zelotes e seus sicários que, vendo frustrados seus delírios de libertação, terra e morte, lançaram-se como feras. Mas isso já não nos dizia respeito. Todos que haviam seguido o Nazareno, cada qual com suas fantasias, foram desaparecendo com a condenação e a cruz.

No meu caso, foi o Gigante quem permaneceu ali, ao lado de João, Nicodemos e das mulheres. Ele, duas doutoras e um punhado de garotas. Eu não estava lá quando o retiraram da cruz nem presenciei o sofrimento daqueles momentos. Meu papel era a vida e não esse alarde de morte. Sim, mas se você a entrega a um punhado de algozes e esbirros, se negligencia a morte... A morte, sempre caprichosa, exige atenção, reverência, devoção.

47

João de Zebedeu se aproximou do local do sepulcro quando a tarde começava. Dentro, tudo estava preparado. Chegava para nos avisar de que, depois de levantarem a cruz, com a passagem das horas permaneciam lá somente três soldados no aguardo do final. O ventre do céu estava tão negro que parecia noite, mas ainda não era noite. Ana e eu saímos em silêncio, sem pressa, seguidas pelo garoto.

    Uma vez lá, não ergui os olhos, não enfrentei o rosto do Nazareno nem quis ver seu corpo em carne viva. Em algum lugar que minha vista não alcançava, apenas uma mancha atrás de mim, a sombra das cruzes desenhava o sinistro traço da maldade. Ao optar pela vida, você não pode se deter no mal nem o olhar de frente. O mal o absorve, puxa-o até o lugar onde já não se é mais humano e anula toda capacidade de resposta. O mal fascina.

    Ana se postou junto ao Gigante e às mulheres, enquanto eu me aproximei de Nicodemos e José de Arimateia, a poucos passos da cruz. Um relâmpago iluminou a rocha onde nem mato crescia e seu trovão partiu em dois o escuro mármore do céu. Aberta essa greta, caíram pingos grossos de tormenta que logo se tornou um manto de água. Só então me virei para ver como a chuva – água, enfim! – ia lavando e refrescando o que já era, sob qualquer ângulo, um cadáver. Próximas à dele erguiam-se algumas cruzes mais, com outros corpos pendurados. Já estava crucificado havia cinco horas.

José de Arimateia se dirigiu aos três soldados que tentavam em vão se cobrir com suas capas finas. João de Zebedeu e eu o seguimos.

— Tenho permissão para descer o cadáver e enterrá-lo em meu próprio sepulcro. — Pegou um documento e o desenrolou sob sua túnica para protegê-lo da água.

Os soldados olhavam alternadamente para um e outro sacerdote do Templo. Eram judeus ricos, influentes, membros do Sinédrio, homens ilustres com o máximo de poder na região, intocáveis. E sim, portavam a carta selada pelo prefeito Pilatos com a ordem de que se permitisse descer o corpo e dar-lhe sepultura.

— Temos tudo preparado — interveio Nicodemos —; o sudário, a mirra, a babosa... Não nos façam perder tempo. Logo o barro impedirá de caminhar por este chão.

Os relâmpagos abriam o céu num clarão de tal modo que não se podia saber se, enfim, era noite, e pareciam buscar o lugar onde nos encontrávamos. Seus estrondos estremeciam os corpos.

— A tempestade não vai cessar e a terra começará a ceder em breve. — José de Arimateia se aproximou tanto dos soldados que poderia tê-los envolvido com suas túnicas bordadas, extravagantes. A presença, as vestes, o turbante, tudo o fazia parecer maior que os três homenzinhos juntos. — Corremos o risco de que as cruzes caiam se não agirmos depressa. Insisto que tenho permissão de Pôncio Pilatos, a quem não acredito que agradará seu descumprimento.

Diante da imponente presença dos anciões, e sobretudo diante daquele documento, os soldados titubearam e se retiraram para deliberar.

— Temos que estar presentes quando descerem o corpo — disseram em seu retorno, como se fosse uma exigência. Idiotas.

A água, como era de se esperar, começou a descer na forma de barro desde o monte Calvário. Os anciões olharam para o chão e os soldados os imitaram. A torrente já nos cobria os tornozelos.

— Façam o que tem que ser feito — interveio Nicodemos.

— Isso é um disparate. Pelo Deus de Israel, desçamos já esses corpos antes que uma corrente os arraste até as muralhas com as cruzes às costas. Temo que lhes custaria explicar tal espetáculo às autoridades. — Ao lado dele, José de Arimateia continuava mostrando o documento.

Voltei-me para onde esperavam os demais e a um gesto meu se aproximaram Ana e João de Zebedeu, acompanhados pelo Gigante.

A vida havia seguido seu curso.

Com a roupa grudada ao corpo e chuva contra o rosto, os movimentos eram tão difíceis que nosso esforço parecia impossível, até que o Gigante rasgou a própria túnica e seu corpo se revelou como o de um imponente deus de bronze determinado a enfrentar os raios, capaz de fazê-lo. Foi ele quem tombou a cruz com algumas investidas e, com a suavidade de um abraço íntimo, deixou-a cair aos poucos apoiada sobre seu corpo. Foi ele quem desamarrou as cordas que prendiam seus pulsos e tornozelos às vigas. Ele despregou mãos e pés. Ele tomou nos braços o que restava do Nazareno e, como quem carrega um maltratado tesouro de cristal lavrado, aproximou-se do local onde sua mãe estava absorta. Ao ficar de frente para ela, ajoelhou-se. Recordo que lutei contra mim mesma, dei um passo à frente, voltei, abracei meu próprio corpo tentando quebrar minhas costelas com os braços, romper meu coração, dei mais um passo e, ao tentar me conter, vi que minhas pernas estavam trabalhando sozinhas, senti meus membros disparando em sua direção como se fossem de outra pessoa, comecei a correr e, enquanto sua mãe acariciava-o com aquela mãozinha infantil e vagarosa, abracei suas pernas ainda cobertas de espinhos e me deixei chorar com o mesmo fluxo que descia do céu, até sangrar, precisando disso.

— Temos que nos apressar. — A voz urgente de Ana interrompeu o drama. — Não temos tempo.

Alcançamos o sepulcro como náufragos, amontoados, escorregando, emergindo das profundezas do horror.

Somente o Gigante, com o Nazareno nos braços, não tropeçou nem caiu no barro. Lá dentro, as doutoras já tinham tudo preparado. Pouco depois, quando chegaram os anciões e os soldados, exigimos respeito para com o embalsamamento. Era coisa de mulheres. Permanecemos todas naquele interior até a noite já bem avançada. Ao sair, a tempestade era só um gotejar intermitente. Saudamos os soldados, paralisados de frio, e o Gigante selou a entrada. Ana e uma das doutoras ficaram no sepulcro com o corpo do crucificado, algo que os guardas, tiritando de frio contra uma árvore ao longe, não poderiam ter percebido.

Nesse momento todos nós sabíamos que dele, somente dele, e não nosso, era o trabalho.

48

Eu os esperava sentada sobre uma rocha quando apareceram. Sabia que viriam. Fazia já três dias que as doutoras haviam levado o corpo do Nazareno e mais outros três dias em que eu permanecia lá. Naquele lugar eu dormia, comia, aguardava. Não deixava de pensar no meu mar, na água, despertava envolta em umidade maldizendo aquela terra seca sem saber que havia sonhado. Havia corrido a notícia de que o sepulcro estava vazio. Vários representantes do Sinédrio visitaram o local e nenhum deles logrou arrancar-me uma palavra. Soube por João que haviam levado Nicodemos e José de Arimateia. Pouco importaria uma mulher em face daqueles dois testemunhos. Testemunhos de quê?

Simão Pedro seguia à frente como se empurrasse a terra para trás com os pés. Seu rosto brilhava por causa do sol, da fúria ou por ambos. Ao vê-lo, constatei que já não significava nada, que aquele homem nada tinha a ver comigo, essa forma de atacar exigindo que o ar lhe abra caminho, como os curtos de inteligência espantam moscas inexistentes.

— Onde está? — bramia. — Fale, mulher! Onde está?

Sem me levantar, estendi um braço e apontei para o sepulcro vazio. Altiva.

Ele se aproximou até pegar minha mão. Não tive medo. Agarrou-me pelos ombros com tamanha força que senti o ponto em que o braço se une ao corpo e pensei que poderia partir a articulação. Ele me levantou em um tranco violento. Os demais, que haviam entrado na gruta e rondavam a área buscando sabe-se lá o quê, vieram correndo. Eu deixei que me chacoalhasse. Não queria mostrar nenhum sentimento, não queria ser ninguém nem nada para aquele homem, nem sequer um corpo a ser ferido. Desejava que ele sentisse sua incapacidade. Não era ninguém. Dois homens o obrigaram a me soltar. Doíam-me os ombros e o pescoço, machucados em alguma das sacudidas, mas meu rosto não demonstrou nem emoção nem dor.

— É evidente que não está — disse a ele, enfrentando seu olhar desde um lugar longíssimo, ao qual ele nunca teria acesso.

— Diga para onde levaram seu corpo. — Simão Pedro mastigava cada palavra, apertando os punhos como cinzéis.

— Só agora vem perguntar?

O discípulo chamado André aproximou-se para falar comigo.

— Ele disse que ressuscitaria. — Seu rosto delatava esperança e uma súplica por confirmação. — Ressuscitou? Diga, Madalena, ressuscitou?

— Não o viram morrer, tampouco o acompanharam em seu tormento — respondi. — Por que se interessam pela ressurreição de quem, para vocês, nem sequer morreu?

— Ele disse que ressuscitaria — insistiu André.

Outras vozes se uniram à dele afirmando ter ouvido o mesmo, que o Nazareno predissera que o matariam e que depois ressuscitaria. Assentiam entre si, transformando o estupor em esperança.

— Se é assim, onde está? — Simão Pedro voltou a me enfrentar. — Quer nos fazer crer que ressuscitou só diante de você, uma mulher, uma prostituta vulgar?

— Cale a boca! — ordenou alguém atrás dele. Poderia ter reconhecido a voz de Levi, mas não fiz esse esforço.

Ele precisava me chamar de prostituta porque a palavra "mulher" não lhe parecia, nesse momento, um insulto suficiente. Nem sequer me incomodei.

— O Nazareno está vivo, mas o que importará isso a vocês, que fugiram como ratos quando ele mais precisava. Está vivo, não importa como ou onde, está vivo porque sua palavra permanece e permanecerá na alma daqueles que viram a própria vida se transformar ao escutá-lo. Você entrou com ele em Jerusalém celebrando uma vitória que não compreendia – e o que há de compreender? –, compartilhando bênçãos das quais não era digno. Vocês não passam de um bando de ignorantes dos quais eu sinto vergonha. Vergonha de ter compartilhado com vocês um mísero minuto de minha vida. E sim — olhei para Simão Pedro —, somente nós, mulheres, estávamos lá, como tantas outras vezes. Prostitutas? Todas somos isso para você, animal. Você, que não quis assistir nem acompanhar a morte dele, vem agora para quê?

Nenhum deles respondeu. Minha tarefa estava cumprida. Tomei o rumo da cidade e, às minhas costas, ouvi um murmúrio de júbilo secreto. "Ressuscitou, sim, ressuscitou." O murmúrio dos idiotas.

49

Quem manipula as palavras constrói a vida.

Não faz muito, soube do justiçamento de Simão Pedro e de Paulo de Tarso. Quanto é muito? Não lastimo suas mortes, obviamente. Lastimo somente a certeza de que seus escritos permanecerão acima da verdade, sua invenção, acima do que aconteceu.

É tempo de idiotas. Passaram-se décadas desde então e volto a sentir a mesma coisa. Depois dos tempos do conhecimento, sempre tão efêmeros, chegam os tempos da obscuridade. Assim é. Sou fruto da Grécia, bastarda de Roma, por isso. Sou filha. Filho do homem, dizia o Nazareno. Os filhos podem contemplar o tempo de seus pais, tempo de luz ou tempo de trevas. Este que me cabe viver não é, ainda que se pressinta, tempo de escuridão. Ao mencionar um tempo de idiotas, quero dizer que se aproxima um tempo de escuridão, que o antecipam. Sinto-o chegar. Sobre a ignorância se constrói a escuridão. Ah, mas a ignorância não é inocente, não surge como florescem as oliveiras. Naturalmente. Cresce como vicejam as azáleas, açucarando e enfeitando seu veneno. Peçonha. A ignorância está aí, tal como o conhecimento, pulsando em sua possibilidade de ser. A questão é qual dos dois alimentar:

a ignorância ou o conhecimento? Que banalidade. Enfim, quando se nutre a ignorância, lavra-se os tempos de escuridão. Sobre ela se levanta o mal.

Estou vendo. Sou testemunha. A pergunta é se se trata de um mal maior ou de um mal menor; de um mal que nasce ou morre ou de uma obscuridade que estenderá sua sombra para além do que alcanço imaginar, ou do que eu seria capaz.

Quando corre a notícia de que o Nazareno curou uma garota ou um louco somente com seu toque, que ressuscitou um homem morto, o que eu deveria pensar? Como admitir tais coisas? Poderia – e estou tentada – aceitá-las como o que são, a intenção miserável de rentabilizar um símbolo, tirar proveito daquilo que receberam. Ah, mas tenho tempo para refletir. A idade vai me dando tempo em troca de que eu me dobre a ela, renuncie à sedução. Esse é o pacto. Tempo é o que tenho agora. Posso permitir-me ir mais além. Não se trata dos mercadores do pensamento, dos comerciantes da superstição, mas da azálea, que afunda suas raízes na terra para lançar seu veneno em direção ao futuro.

Aquilo que podia ser uma revolução contra o poder estabelecido vai se convertendo em outra forma de poder estabelecido, um costume chamado ignorância. Assim o sinto. Vejo, leio, ouço o que produziram os idiotas e estremeço. Aquelas palavras fascinaram, mas não alimentam nem alimentarão aquilo que estritamente significavam.

Os oleandros da minha casa em Magdala, cujo veneno as doutoras conheciam bem, marcavam alegremente os cantos das sebes; apoiavam-se sobre o alfeneiro e o venciam em beleza. Nele repousava seu veneno e, sem machucá-lo, cresciam em seu leito.

É a mesma coisa.

O veneno dos que semeiam a ignorância de hoje, que será a obscuridade de amanhã, prospera nas palavras de então.

Malditos sejam. Faz algum tempo que me chegou às mãos um texto de Paulo escrito aqui mesmo, durante uma de suas estadias em Éfeso. O falsário percorreu povoados e cidades ao longo de anos semeando a mensagem que supostamente recebeu, ou recebia, vai saber, diretamente do Nazareno ressuscitado. Alimentou com idiotices as comunidades que iam se formando para honrar e manter vivas aquelas ideias, aquelas mensagens. Quão incauta eu fui quando disse a seus homens que ele continuava vivo e mencionei a sobrevivência de suas palavras. As narrativas, as cartas, os escritos que me chegam mostram como foram convertendo a vida do Nazareno em uma arma, que barbaridade.

Quem manipula as palavras constrói a vida, e não o contrário.

Li isto no texto de Paulo de Tarso, este disparate:

> Cristo morreu por nossos pecados, conforme a Escritura. Foi sepultado e ressuscitou ao terceiro dia, de acordo com a Escritura. Apareceu a Pedro e depois aos Doze. Logo apareceu a mais de quinhentos irmãos ao mesmo tempo, a maior parte dos quais ainda vive, e alguns morreram. Ademais, apareceu a Tiago e a todos os Apóstolos. Por último, apareceu também a mim, que sou como o fruto de um aborto.

Ressuscitar, aparecer... Ressuscitar quem? Aparecer a quem? Como, como ousa criar tamanha fraude? Que ressurreição? A que ressurreição esse infame se refere?

Trata-se do corpo. Sempre o corpo.

Uma única vez voltei a ver o Nazareno depois que as doutoras fizeram seu trabalho. Uma só e nós dois já sabíamos qual era o caminho. Conhecíamo-lo desde aquele dia distante em que nos olhamos e aceitamos o motivo de nossa mútua impostura.

— Você chegou até a morte — disse a ele naquele último encontro, já deitados, nus —, e eu cumpri meu compromisso com a vida. Estamos em paz.

— Eu já não existo, então.

— Não existe como messias, se é a isso que se refere, mas é a única maneira de você sobreviver. — Acariciei seu rosto.

— Era necessário ir tão longe?

Quem me abraçou já era um homem, apenas isso, um homem sem mais atributos que deveria partir para que seu esforço, aquilo que havia decidido cumprir até o final, não se perdesse.

— Quando se enfrenta o poder com a própria vida, acaba sendo a vida o que perderá. O resto é só impostura. Salvar-se, nesse caso, converte em impostura toda a sua existência.

Respondi a seu abraço e, ao fazê-lo, senti como havia desaparecido entre nós qualquer forma de elevação. Somente dois corpos, a carne de um homem e de uma mulher que, no fim, se despediam, nus, de tudo. De tudo. O prazer era prazer, a concupiscência, a voluptuosidade. Nossa última descoberta. A despedida.

Na manhã seguinte partiu para Meroé, na África, a terra das Candaces, minhas chefes negras. Eu me lembrava do acolhimento da rainha Amanitore como o único amparo recebido depois do assassinato de meu pai. Eu ainda não esqueci.

Nunca voltei a saber dele. Nem eu nem ninguém que tenha deixado algum testemunho.

50

Daqueles com quem compartilhamos aqueles dias restaram apenas o Gigante, João de Zebedeu e eu. Chegando ao final, não me deixarei vencer pela melancolia, nunca deixei. Nos anos seguintes emerge, única, a lembrança da morte de minha amada Ana, mas esse sofrimento é somente meu. Conforta-me pensar que quando esta pele for um resto de carne inanimada, o Gigante a tomará nos braços e, porque assim determinei, vai entregá-la a terra.

Finalmente, sim, eu pari. Este é meu fruto e como tal eu o deixo. Vimos como a conquista do território é fonte de toda violência. O território de um povoado, o território de um corpo. Isto e nada mais recebemos como herança, as ações daqueles que ocuparam a terra e o fruto daqueles que ocuparam os corpos. Herdamos terras e linhagens.

Ah, mas quem manipula as palavras constrói a vida, e não o contrário. Está escrito.

Já faz um tempo, sentei-me para deixar um registro escrito deste testemunho, não me recordo quanto tempo. Foram dias de profunda solidão porque é assim que se enfrentam as vidas após vidas pelas quais alguém transitou. Assim procedi para fazer frente à repugnância que me provoca a mentira; sim, a mentira, mas sobretudo o horror ao contemplar como foram estabelecendo uma ideia de futuro baseada na violência e na morte, como justificam o castigo a partir disso. Tudo parece ter se resumido nisto: ser torturado até a morte como forma de salvação.

Contra a podridão que abona as suas palavras, oponho as minhas com uma esperança agora incerta. Não há arrogância no que escrevi. Nada foi narrado em vão.

Deixo registrado neste escrito que eu, Maria, filha de Magdala, chamada Madalena, fui a única que esteve lá desde o princípio e até o momento em que o Nazareno deixou de sê-lo.

**Acreditamos
nos livros**

Este livro foi composto em MaiolaPro e
impresso pela Geográfica para a Editora
Planeta do Brasil em março de 2022.